KB268552

할아버지가 남긴 새

할아버지가 남긴 새

품위 있게 살아낸 마지막 선물

초 판 1쇄 2026년 03월 05일

지은이 박하
펴낸이 류종렬

펴낸곳 미다스북스
본부장 임종익
편집장 이다경, 김가영
디자인 임인영, 윤가희, 윤영빈
책임진행 이예나, 안채원, 김은진, 국소리, 송가희, 이지영

등록 2001년 3월 21일 제2001-000040호
주소 서울시 마포구 양화로 133 서교타워 711호, 808호
전화 02) 322-7802~3
팩스 02) 6007-1845
블로그 http://blog.naver.com/midasbooks
전자주소 midasbooks@hanmail.net
페이스북 https://www.facebook.com/midasbooks425
인스타그램 https://www.instagram.com/midasbooks

© 박하, 미다스북스 2026, *Printed in Korea*.

ISBN 979-11-7355-734-7 03810

값 19,000원

※ 파본은 구입하신 서점에서 교환해드립니다.
※ 이 책에 실린 모든 콘텐츠는 미다스북스가 저작권자와의 계약에 따라 발행한 것이므로
   인용하시거나 참고하실 경우 반드시 본사의 허락을 받으셔야 합니다.

미다스북스는 다음세대에게 필요한 지혜와 교양을 생각합니다.

품위 있게 살아낸
마지막 선물

할아버지가
남긴 새

박하
지음

미다스북스

들어가는 글

살면서 누구도 피해 갈 수 없는 것이 있다. 바로 상실이다. 애도의 에세이를 쓰려고 마음먹은 것은 2025년 2월 27일이 내게 준 허망함과 인생무상 때문이었다. 불과 몇 시간 전까지만 해도 아무 일 없다는 듯 이야기를 나누고, 수업을 마치면 다시 오겠다는 약속을 했었다. 그런 아버지를 나는 겨우 1시간도 보지 못한 채 떠나보내야만 했다. 위급하다는 전화를 받고 달려가는 동안, 이미 아버지는 영면에 들고 계셨다. 의식이 있을 거라고 아니 의식이 있는 거라 믿고 싶었던 순간이었다. 그러나 눈과 입을 다물고 계신 아버지의 얼굴과 차갑게 식어가는 체온은 그런 나의 믿음을 저버렸다.

상실은 이번이 처음이 아니었다. 오래전 스물넷, 갓 대학을 졸업하고 임용을 앞둔 나는 도서관에서 친정아버지의 부고 소식을 들었다. 정신을 놓지 않은 게 다행일 만큼 어떻게 제주로 내려왔는지 기억조차 나지 않는다. 장례의 모든 과정을 마치자 엄마는 곁에 남아달라고 하셨다. 임용이라는 꿈을 위해 다시 대구로 올라가겠다는 말은 끝내 삼켜야만 했다. 혼자가 된 엄마와 남은 세 딸은 살아내야 한다는 의무라도 부여받은 사람들처럼 각자의 방식으로 삶을 이어갔다.

내게 닥친 두 번째 아버지의 상실이 찾아왔다. 친정아버지를 스물네 살에 잃고 스물여덟 살에 처음 시아버지를 만났다. 내겐 친정아버지와도 같았고 그 이상이기도 했다. 한 우주를 품고 계신 것 같은 넉넉함을 느꼈다. 그리고 같이 시댁에서 사는 7년 동안 아버지의 인생을 가장 가까이서 지켜보았다. 한 인간으로서 바른 삶을 어떻게 살아야 하는지를 보여주신 따뜻하고 정 많고 인자하신 분이었다. 세상 누구보다 든든했고 무엇보다 내가 가장 사랑하는 남편을 낳아 주신 아버지였다. 마지막 유언을 전하라고 할 때 가장 떠오른 말이 있었다. "이토록 소중하고 사랑하는 남편을 제 삶에 보내 주셔서 정말 감사합니다." 그러나 그 말을 차마 입 밖으로 내지 못했다. 어안이 벙벙한 상황에서 눈물을 흘리며 겨우 "고맙습니다. 아버지!"라는 말만 남겼다.

이 한마디로 모든 걸 다 전해 드리지 못한다는 걸 알고 있었다. 어찌 그 긴 세월 동안 받아온 헤아릴 수 없는 은혜와 사랑을 다 표현할 수 있었겠는가? 그래서 바로 애도와 추모

 할아버지가 남긴 새

의 글로 보답해야겠다는 결심을 했다. 아버지가 떠난 지 1년이 되는 기일 날, 가족 모두가 슬픔에만 머무르지 말고 아버지의 훌륭한 인품과 사랑을 떠올리며 감사할 수 있기를 바랐다. 그리고 잘 살아온 가족들에게 위안의 선물이 되었으면 한다. 죽음학을 공부하면서 애도의 방법 중에도 긍정의 애도가 있다는 것을 알았다.

나의 첫 작품 『내 삶에 쉼표』에서 ‘죽음’을 글로 다룬 적이 있다. 나의 죽음 앞에서 너무 오래 슬퍼하기보다, 내가 남긴 작품과 좋았던 모습으로 서로를 위로해 주기를 바란다고 썼다. 막상 죽음을 눈앞에서 마주하자, 확고해진 삶의 이유가 떠올랐다. 소중한 순간을 허투루 흘려보내서는 안 된다는 것. 특히 가까이 있는 사람들과의 시간을 더 많이 나눠야 한다는 사실이었다. 더 많이 안아주고 더 자주 손을 잡고 함께 나눌 수 있는 것이 얼마나 큰 행복인지를 잊지 말아야 한다.

심리 이론을 공부하던 시절, 가장 마음에 와닿았던 빅터 프랭클의 말이 떠오른다. ‘고통과 죽음 없이는 인간의 삶이 완성될 수 없다.’ 아버지는 마지막 순간까지도 어머니와 자식들에게 좋은 모습만 남기고 가셨다. 고생시키지 않고 가시려는 듯, 아픔과 고통이 컸을 텐데 내색 한 번 하지 않으셨다. 마지막까지 아버지의 인품은 고매하셨다. 품위를 잃지 않으셨다. 그래서일까. 가족들은 슬픔 속에서도 무너지지 않았다. 아버지가 모두를 편안하게 해주고 떠나셨기 때문이다. 남아 있는 우리는 더 열심히 살아야 한다는 가르침을 말없이 물려받았다.

이 글을 통해 나는 아버지와의 추억을 다시 꺼내 보려 한다. 함께한 날들의 감사함, 한 그루의 느티나무처럼 우리 가족 전체를 품어 안아주셨던 모든 사랑을, 한 장면 한 장면 되짚어 보려 한다. 그리고 이 글을 읽는 남겨진 우리 가족 모두가 아버지의 사랑이 얼마나 위대했는지를 다시 한번 느끼기를 바란다. 누군가 묻는다면 나는 주저 없이 말할 수 있다. "다시 태어나도, 나는 아버지의 작은 며느리로 살고 싶다."라고. 나의 반쪽을 낳아 주신 아버지, 우리 아이들에게 가장 따뜻했던 할아버지, 시댁에서 존경받았던 어른. 아버지 함자만 듣고도 친정 부모님은 딸을 시집보내도 안심이 된다고 말씀하실 정도였다. 그러니 우리 친정의 바깥사돈으로 다시 연(緣)을 맺어 살고 싶다고.

누군가를 사랑으로 기억하는 건 고통을 외면하는 일이 아니다. 오히려 있는 그대로 받아들이는 데서 시작된다. 사랑하는 사람의 죽음은 엄연한 큰 고통이다. 그러나 나는 지금, 그 사실을 부정하지 않고 받아들이는 '수용의 단계'로 들어서

　할아버지가 남긴 새

고 있음을 느낀다. 이 글이 사랑하는 이를 떠나보낸 누군가에게, 상실을 현실로 인식하고 애도의 길로 들어서는 작은 다리가 되어 주었으면 한다.

1년이라는 시간 동안 나는 아버지를 충분히 추억할 수 있어 다행이다. 남은 가족들 역시 저마다의 속도로 슬픔을 건너갈 것이다. 그리하여 삶을 아끼고 소중히 여길 줄 아는 것으로 보답하기를 간절히 바란다. 죽음 없이 삶은 완성될 수 없다고 말한다. 죽음은 삶을 멈추게 하는 게 아니라 삶을 더 온전하게 만든다. 이 애도의 여정 속에서 조금씩 치유되기를 진심으로 빌어본다. '유한한 우리의 삶'을 더욱 의미 있고 소중하게 여기며 살아 나가야겠다.

이제부터 아버지가 남기고 간 수많은 정신적 유산을 되짚어 보려 한다. 물질보다 훨씬 값진 삶의 태도와 사랑의 방식에 관해. 시간이 흐른 뒤, 우리 가족이 할아버지를 떠올릴 때 모두 같은 미소로 같은 이야기를 꺼낼 수 있기를 바란다. 이구동성으로 할아버지에게 들려줄 이야기를 하나씩 꺼내놓으며 그러했다고 그렇게 훌륭하신 분이었다고 답할 것이다. 불완전했던 나를 온전한 한 인간으로 바르게 살아갈 수 있도록 마음으로 빌어주셨던 분이다. 어떻게 살아야 하는지 묻기도 전에 묵묵히 살아가는 삶으로 몸소 보여주셨다. 행여 잘못해도 꾸짖기보다 스스로 깨닫게 되기를 조용히 지켜보셨던 유일한 분이었다.

이제 스물여덟 살의 부족하고 모자랐던 나로 되돌아가 그때의 아버지와 만나보려 한다. 시댁에서 함께 살았던 7년 동안의 시간을 천천히 꺼내 쓰며, 충분히 애도하고 슬픔을 승화시켜 나가보겠다. 그 이후의 어머니를 비롯한 남은 가족들의 삶을 천천히 조망하며 살아가는 이야기를 써보려 한다. 아버지에 대한 잊을 수 없는 사랑을.

이 글은 사랑하는 이를 잃은 슬픔을 '견뎌내는 법'에서 삶으로 '이어가는 법'에 대한 기록이다. 우리는 죽음 앞에서 무엇을 배워야 하는가? 만약 지금 누군가의 죽음으로 인해 세상을 등지고 싶을 만큼 괴롭다면, 이것만은 잊지 말아야 한다. 우리가 그 죽음 앞에서 반드시 배워야 할 의미가 있다. '오늘은, 어제 죽은 이가 그토록 간절히 바라던 내일이었다.'라는 것을.

존경하는 아버지의 작은 며느리
박하가 드립니다.

 할아버지가 남긴 새

첫 만남과 기록의 시작

상견례

스물여섯. 열애 중이던 우리는 세상에서 가장 찬란한 사랑을 나누고 있었다. 우정을 훌쩍 뛰어넘은 사랑의 꼭짓점에 서 있었다. 스물여덟 살이 되던 해, 남편은 급하게 결혼 이야기를 꺼냈다. 사랑과 우정 사이에서 혼란을 겪었다. 하지만 이미 세상에 남자는 남편 하나밖에 보이지 않던 때였다. 내 콩깍지를 벗겨낼 수 있는 사람은 지구상에 아무도 존재하지 않았다. 희한한 건 지금까지도 그 콩깍지가 절내 빗겨지지 않는다는 점이다. 참으로 기묘한 일이다.

친구 하나는 진지하게 병원으로 가보란다. "너 심장에 분명 문제가 있어. 진료받아 봐야 해. 어떻게 나이가 들수록 남편만 보면 심장이 뛸 수 있냐?"는 진단이다. 미치지 않고서는 불가능한 일이라며. 자기는 남편만 보면 뛰던 심장도 멈추어 버리게 하고 싶다고 말했다. 아주 이골이 나서 권태기를 지나 증오와 원망이 쌓였다고. 화병 직전이라는 고백이었

다. 50대 중년 친구들의 하나같은 하소연이다. 그러나 내게
남편은 늘 애틋하고 안쓰러운 사람이다. 살면 살수록 존경과
사랑은 오히려 깊어져 간다. 무얼 그리 진심으로 열일을 하
고 다니는지 "좀 쉬어요."라는 말은 어느새 우리의 암호가 되
어버린 지 오래다.

처음 남편을 만난 건 어린 여중생 시절, 같은 중학교에 다
닐 때였다. 그때는 우리가 이런 운명적 사랑이 싹트리라곤
상상조차 하지 못했다. 성인이 되어 만난 그 남학생은 너무
성숙해져 있었다. 철이 일찍 들다 못해 성숙에서 완숙으로
간 애늙은이였다. 그런 사랑은 무르익어갔고 날이 가면 갈수
록, 살면 살수록 더 좋아졌다. 친구에서 연인으로 사랑은 우
리에게 딱 맞는 모양과 빛깔로 자라났다. 우정으로 시작해
사랑이 되었고, 결국 존경의 대상이 된 사람이다.

그러던 어느 날, 남편이 말했다. "부모님이 둘이 집으로 한
번 오래." 첫 상견례였다. 여자 친구가 아니라 이젠 며느리로
보고 싶다는 뜻이었다. 친정엄마에겐 귀띔도 하지 않은 채
어디서 나온 용기인지 덜컥 발걸음을 옮겼다. 긴 골목을 지
나 고즈넉한 애월 집 안으로 들어섰다. 현관문을 여는 순간,
고요와 침묵이 공기를 가득 채웠다. 농사를 지으며 살아온
흔적이 고스란히 남은 두 분의 얼굴에는 고단함이 배어있었

다. 애써 꾸민 기색도, 무얼 보여주려는 마음도 없는 단출한 다과만 덩그러니 놓여 있었다. 종갓집 며느리 과일 깎기 첫 관문이라도 보시려는 걸까?

인사를 드리자마자 과일을 깎으라고 하셨다. 아무런 말 한마디 없는 와중에 시부모님, 남편 세 사람의 시선이 모두 내 손끝에 꽂혔다. 없던 수전증이라도 생길 것 같은 아슬아슬한 분위기였다. 다행히 배와 사과의 껍질은 끊어지지 않은 채 단번에 깎아냈다. 그제야 안도의 한숨을 내쉬려는 찰나, 단 한마디 말씀을 건네셨다. "우리는 빨리 결혼시키고 싶다."

과일을 먹는 둥 마는 둥, 다시 침묵은 이어졌다. 가시방석이라는 게 이런 것이구나 하는 느낌을 태어나서 처음 느꼈다. 님편도 말이 많지 않은 사람이라 이 어색한 분위기를 구원해 줄 방도가 없었다. 그렇게 짧고 묵직한 상견례를 마치고 황급히 나왔다. 속으로 입에 곰팡이가 슬 정도로 말 한마디 없이, 머리에서 발 끝까지 누군가에게 스캔 당한 기분이었다. 가족 분위기와 문화가 다르다는 걸 단번에 알 수 있었다. 딸만 있는 친정집은 늘 화기애애했고 웃음이 끊이지 않았다. 말도 많았고 부모님과 농담을 주고받는 일도 자연스러웠다. 미루어 짐작건대, 남편은 또 이런 우리 집의 분위기에 적응하느라 진땀이 났을 것이다. 이렇게 전혀 다른 우리는 사랑이라는 이름으로 하나가 되었다.

속전속결로 결혼 날짜가 잡혔고, 일사천리로 준비가 시작되었다. 아직 어리기만 했던 꼬마 신랑과 신부는 거대한 어른들의 세계로 들어갈 채비를 하고 있었다. 그때 잡았던 따스한 남편의 손은 나의 차디찬 얼음장 같은 손을 녹여주었다. 마치 '어떤 풍파가 와도 우린 이렇게 손을 맞잡고 잘 넘어갈 거야. 그러니 절대 손을 놓지 않을게.'라는 믿음을 주었다. 그 온기는 남편의 사랑 이상인 어른의 삶을 위한 진중한 다짐이었다. 많은 말 없이 행동으로 보여주는 모습은 꼭 시아버지의 모습을 그대로 닮아있었다.

친정엄마에게 알리는 게 관건이던 날, 상견례를 앞두고 가장 중대한 준비를 하고 계셨다. 대구에서 일하다 사고로 잃은 손가락 세 개를 가리기 위해 흰 가재 손수건으로 싸보다가 무늬 있는 손수건으로 바꿔 보셨다. 이것저것 다 가려봐도 성에 안 찼는지 깊은 한숨을 내쉬셨다.

"엄마! 제발 아무것도 감지 말라고요. 괜찮다고. 있는 그대로 보여도 된다고요! 그러니 그 손수건들 제발 치우세요!" 악다구니한 뒤에야 하지 말아야 할 말을 하고 말았다는 걸 깨달았다. 애써 없는 손가락을 보이지 않으려 애쓰고 있는 친정엄마가 가엾다 못해 눈물이 날 지경이었다. 참았어야 했다. 감

   할아버지가 남긴 새

은 손수건을 다시 풀며 엄마는 오히려 나를 진정시켰다.

"예비 사위가 보면 불편할까 봐 그러지. 놀랄 수도 있잖아?" 지금도 그때의 엄마에게 잘못했다는 말, 죄송하다는 말을 건네 드리지 못했다. 사위에게 조금의 누라도 보이지 않으려, 최대한 배려하고 있는 엄마에게 나는 한 번도 그것이 남에게 불편할 일이라고는 생각지 못했다. 그렇게 미성숙한 딸을 시집보내는 엄마는 어떤 마음이었을지, 반백 살이 넘어야 뒤늦게 깨닫는 야속함이 바로 인생이었다.

연애 한 번 변변히 하지 않고 오로지 임용 공부에만 매달리던 딸이 갑자기 남자 친구가 생긴 걸 알고도 오랫동안 눈감아 주신 분이었다. 어릴 적부터 잔소리 한번 없이, 시키기 전에 눈치껏 다 알아서 척척 뭐든 해나가는 딸을 온전히 믿어서였을까? '너라면 어떤 환경, 어떤 굴곡 속에서도 잘 해내리라는 믿음을 저버린 적이 한 번도 없었다.'라고 그렇게 늘 내게 힘을 실어주셨다. 그 믿음이 지금껏 나를 살게 했을지도 모른다.

상견례 날, 엄마는 하얗다 못해 눈이 부실 정도로 깨끗한 흰 가재 손수건으로 잃어버린 손가락을 감싸고 나가셨다. 시부모님의 건재함과 달리 바로 몇 해 전 친정아버지를 여읜 뒤라 친정엄마 혼자 외로이 맞이하셨다. 애써 밝게 웃으시려는 초긍정 DNA는 효력을 발휘해 주었다. 어떤 상황도 긍정으로 소화해 내는 친정엄마만의 비장의 무기였다. 애써 밝게 웃는 미소 사이로 나의 부끄러운 눈물은 얼음이 되어 굳어버렸다. '너의 결정을 믿고 있으니 조금도 염려하지 않는다.' 엄마는 이 말 대신 웃음을 보여주셨다.

우리 집의 상견례도 무사히 넘어갔다. 웃음 많은 집안의 딸 셋 중에 둘째를 가장 먼저 시집보냈다. 부모님은 어릴 때부터 딸들을 유독 강하게 키우셨다. 군인 출신 아버지는 험한 세상 앞에서 방패보다 검을 쥘 용기를 가르쳤다. 제주도 출신 엄마는 부드러운 보호 대신 뜨거운 햇볕 같은 견딤을 가르쳤다. 강하게 키운 보람이 있었다. 한 사람의 존재와 또 다른 존재가 만나 이토록 어마어마한 일을 일구어내려고 준비하는 게 상견례였다. 두 사람의 만남의 자리가 아니라, 두 세계가 서로를 가늠하는 첫걸음이었다. 말수가 적은 집과 말소리가 넘쳐나는 집, 침묵과 웃음이 마주 앉은 그날의 공기는 지금도 또렷하다. 우리를 하나로 묶어준 건 분위기도 예법도 아니었다. 손을 놓지 않겠다는 약속이었다. 그렇게 사랑은 서로 다른 삶의 온도를 견디며 가족이라는 이름으로 자라나기 시작했다.

    할아버지가 남긴 새

일자형 신혼집

남편의 첫사랑은 결혼으로 이어졌다. 우리는 그 사실 하나만으로 이미 단단했다고 믿었다. 둘이 함께라면 어디서든, 어떤 환경이든 상관없었다. 집은 그저 잠을 자고 밥을 먹는 공간일 뿐, 사람이 있는 곳이면 어디든 집이 될 수 있다고 생각하던 시절이었다. 신혼집은 시댁 안에 있는 바깥채를 개조한 곳에 마련되었다. 여기서 우리의 신혼살림이 시작되었다. 집 얘기를 의논해 보기도 전에 이미 모든 결정은 끝나 있었다. 친정엄마는 신혼을 시댁에서 시작해야 한다는 사실에 걱정이 앞섰다. 그 걱정을 아랑곳하지 않고 결혼식과 함께 자연스럽게 시댁에서 살게 되었다.

결혼식이 끝난 뒤 친구들을 초대해 작은 집들이를 했다. "우와~ 아담하고 이쁘다.", "꽃무늬 벽지에 베이지 레이스 커튼이 너무 아늑해 보여."라고 떠들어 댔다. 어머니는 우리가 살 신혼집을 손수 다 꾸며 놓으셨다. 직접 고치고 손봐서 달아 놓으신 것들이었다. 그땐 왠지 모르게 선택의 여지도 없이 주어진 공간이 아쉽게 느껴지기도 했다. 왜냐하면 집을 꾸미는 재미가 유행처럼 번지던 때였다. 결혼한 친구들은 각자의 신혼집 이야기를 자랑하듯 늘어놓고 있었기 때문이었다.

집 구조는 안방, 거실, 작은 방, 욕실이 한 줄로 이어진 일자형 집이었다. 꺾이는 곳 하나 없이 곧게 뻗은 구조였다. 예전에 소를 키우던 창고를 개조해서 만들었기 때문에, 길게 뻗어 있었다. 가구도 몹시 단출했다. 소박한 신혼집이었지만 우리는 행복하기 그지없었다. 큰아들의 탄생과 작은아들 모두 사랑의 열매를 맺어 준 곳이었다. 그러고 보니, 우리는 부모님 덕에 집을 마련하는 스트레스는 없었다는 걸 지나고 나서야 알게 되었다. 얼마나 감사한 일이었는지 되돌아보니 크게 다가온다.

이곳에서 자란 큰아들이 네 살 무렵 내게 물었다. "엄마, 우리 집은 왜 꺾는 데가 없어요?" 처음엔 애가 무슨 말을 하는 건지 어리둥절했다. 나중에야 비로소 이해된 건 바로 일자형 집에서만 나올 수 있는 질문이었다. 그러니 어디에서 돌거나 꺾어야 할 곳이 당연히 없었다. 참으로 재밌는 에피소드였다. 화장실도 집 밖에 있어서 아이들이 커가면서 불편한 일이 생겼다. 시부모님은 목수인 창범이 아주버님에게 실내 화장실을 만들어 달라고 부탁하셨다. 집안 이곳저곳의 불편함을 가장 먼저 살펴 주셨다. 자식을 보살피던 그때의 시부모님은 건강하고 젊었다는 생각이 든다. 큰아들이 일곱 살이 되던 해, 우리 가족은 제주시 노형으로 이사를 나왔다.

지금 돌이켜 보면 우여곡절도 많았다. 사연 없는 집이 어디 있으랴만. 신혼집에서 일어났던 사사로운 일들이 영화의 필름처럼 돌아간다. 아버지와 얽힌 추억, 아버지와 함께 살면서 우리 아이들이 받은 정서적 안정감은 이루 말할 수가 없다. 할아버지, 할머니에게서 받은 사랑은 가득 차고도 넘쳤다. 때론 대가족 같은 시끌벅적한 대소사에 치일 때도 있었다. 며느리로서 감당해야 하는 일들이 그리 쉬운 일만은 아니었다. 특히 어머니는 종부의 삶 이상을 견디며 잘해 오셨다는 걸 귀가 닳도록 들었다. 아니 직접 보아서 잘 알고 있다. 자연스럽게 곁에 살다 보니 어머니를 따라 해야만 하는 일들은 너무도 많았다. 결혼 전부터 하던 국어 강사 일을 계속하며 집안 대소사를 다 챙기는 게 힘에 부쳤다. 몸도 약한데다, 강의가 늦게 끝나서 귀가하면 완전 녹초가 되어버렸다. 이걸 극복하게 해 준 유일한 힘은 남편이었다. 연애 시절, 손을 잡아주던 온기가 어떤 어려움도 잘 극복해 나가리라는 믿음이 되어 주었다.

지금은 애월이 세간의 관심이 쏠리는 관광지로 변모했다. 신혼 시절의 애월은 그야말로 촌이었다고 해도 과언이 아닐 정도였다. 게다가 어머니의 제주어는 알아들을 수조차 없었다. 아버지는 그리 많은 말씀을 하지 않으셨다. 청력이 약해서이기도 했지만, 어머니가 주로 말씀을 전해주셨다. 제주어는 나에겐 제2외국어 이상이었다. 아무리 어린 시절을 제주에서 보냈다 해도 알아들을 수 없는 단어는 눈치로 파악해야 했다. 심부름시키면 무슨 물건을 가져오라는 것인지 상황을 보고 눈치껏 찾아와야 했다.

어느 날은 "이무 깐에 가서 장돌을 가져 오라이."라고 말씀하셨다. 도대체 이건 무슨 소리인가? 눈치로 필요한 게 있을 만한 곳을 찾아 나섰다. 엉뚱한 곳에서 헤매고 있는 나를 보던 어머니는 화가 잔뜩 나셨다. 바쁜데, 시간이 한참 지나도 갖고 오지 않으니 답답해하셨다. 나는 더 위축되었다. 내겐 수수께끼 같았던 말들이 신혼 생활에 무수히 쏟아져 나왔다. 대구에서 살다가 여기 와서 순수 제주어만을 들을 일이 그다지 많지 않았다. 줄곧 입시 학원의 국어 강사로 표준어만을 써왔기 때문이다. 나중에 아버지는 놀리는 재미가 들었는지 웃으시기도 했다.

아버지는 소리를 내어 크게 웃는 분이 아니었다. 미소로만

 할아버지가 남긴 새

일관하시는 모습뿐이었다. 이 또한 뒤늦게 포착한 사실이었다. 어머니와 두 분이 있을 때조차 큰 소리로 호탕하게 웃는 웃음소리를 들어보지 못했다. 나중에야 이것 역시 궁금해졌다. 감정의 소용돌이를 겪지 않는다는 걸까? 가까이서 아버지와 함께 살았는데 정작 아는 건 많지 않았다. 곁에 함께 하면서도 느끼지 못한 채. 익숙함에 젖어 소중함을 잊어버리듯이. 아버지가 늘 곁에 있어 자리를 지켜준 덕분에 편안했다는 걸 미처 몰랐다.

같이 사는 동안에 아버지는 한 번도 크게 꾸짖은 적이 없었다. 자애롭고 선한 분이었다. 뭐라 말을 하기 전에 알아서 해 주려는 마음이 느껴졌다. 안정감 있고 평화로운 분위기를 만들어주셨다. 용돈을 드린 날에는 막내아들의 살림을 걱정해서인지, 용돈을 반으로 줄여 다시 신혼집 신발장 위에 갖다 두셨다. 그러지 말라고 가져가면 "나중에 더 많이 벌면 다 받겠다."라는 말씀만 되풀이하셨다. 신혼이니 뻔히 어려운 살림일 거라고 알고 있다는 듯. 돌이켜 보니, 다 드리지 못한 게 이렇게 맘을 아프게 할 줄은 몰랐다. 이런 일뿐만 아니라 이른 새벽부터 밭일 나가시기 전 무쳐놓은 나물 반찬과 자리조림, 제주 특유의 음식을 신혼집 거실에 놓아두고 가셨다. 일어나 방문을 열어 부모님의 사랑과 마주하면 눈시울이 뜨거워졌다.

결혼식 날, 대구에서 모두 내려오셨던 친정 식구들은 제주의 시부모님과 신혼집을 살펴보고는 걱정이 하나도 안 된다고 하셨다. 긴 골목을 걸어 나가며 잘살라고 했던 말을 지키려고 부단히 노력했다. 시부모님께 잘해드리라는 말이었다는 걸 신혼집을 떠나고 나서야 깨닫게 되었다. 아무리 노력해도 부모님의 사랑에 미치지 못했다. 부족하고 어리숙했던 꼬마 신랑과 신부를 가르치는 일도 쉽지 않았을 것이다.

착한 아들, 순종적인 며느리로 살아야 했던 신혼집에서의 시계는 천천히 흘러갈 줄만 알았다. 쏜 화살처럼 어느새 20대와 30대 초반을 훌쩍 지나왔다. 7년이라는 시간이 흘러 30대 후반부터 시내로 와서 사는 동안 시부모님의 시계가 빠르게 흐르고 있다는 걸 느꼈다. 부모님은 한결같을 거라는 심한 착각을 했다. 시간은 흐르고 사건 사고들이 생겨나면서 부모님의 주름살은 늘어만 갔다. 아픈 곳이 생겨나 병원을 찾는 횟수도 잦았다. 내색하지 않으려 애쓰는 걸 알고 맘이 아려왔다.

애월 신혼집에서 우리가 받은 사랑의 양을 저장한 채 꺼내 쓰지 않을 것처럼 살았다. 오히려 계속 받기만 했다. 마르지 않는 부모의 사랑이라는 말은 진리이다. 갓 결혼하고 행복하게 보냈던 애월 신혼집은 아버지와의 추억이 가장 많이 서려 있는 곳이다. 아이를 낳기 전 남편과 나를 품어 주었고 우리 아이 둘을 낳고 다시 끌어안아 주셨다. 내게 일자형 소담한 신혼집을 주신 부모님의 은혜를 갚을 길이 없게 되었다. 홀로 계신 어머니를 뵈러 가면 거쳐 가야 하는 바깥채는 지금은 세를 놓았다. 평생을 거기서 살아오신 부모님은 과거의 시간을 어떻게 기억하고 계실까?

세월이 흘러 내리사랑을 경험하게 될 것이다. 우리가 받은 사랑의 깊이를 미처 헤아리지도 못한 채 어른이라는 이름을 가졌다. 다시 우리 아이들에게도 똑같이 베풀고 나면 부모님 마음 깊은 곳에 잠시나마 머물 수 있을지 모를 일이다. 일자형 신혼집의 꺾임 없는 구조처럼, 사랑도 망설임 없이 곧장 흘러가던 시간의 그릇이었다. 불편함마저 품이 되어 수고 발없는 배려가 일상이 되던 그 집에서 우리는 부모의 사랑이 얼마나 깊은지 알게 되었다. 그 사랑은 삶의 저축처럼 필요할 때마다 우리를 지탱해준다. 그 작은 집이 부모님이 평생에 걸쳐 지어준 사랑의 형태였다는 것을.

생신상과 생일, 어버이날

시댁에 살았을 때, 나름대로 자부하던 일이 하나 있었다. 누가 시키지도 부탁하지도 않은 그 일을 나는 거기서 사는 동안 내 삶의 철칙으로 지켜왔다. 바로 가족의 생일을 챙기는 일이었다. 단순한 행사가 아니라 서로의 존재를 존중해 줄 수 있는 의식이라고 여겼기 때문이다. 남을 대접해 주기 전에 나 자신을 대접할 줄 알아야 한다고 믿었다. 내가 나를 아껴야만 다른 사람들을 아낄 수 있는 법이다. 언젠가 남편이 내게 물었다. "생일이 뭐 그리 중요한데?" 나는 조금도 망설이지 않고 대답했다. "당연히 아주 중요한 날이죠. 일 년마다 돌아오지만, 다시 맞이하는 성장의 과정을 축하해주는 것, 내가 살아있음에 감사를 드리는 것. 소중한 의식이라고 할 수 있어요."

그랬다. 내게 생일은 '소중한 존재에 대한 경의'였다. 그래서인지 시댁에 사는 동안 단 한 번도 빠뜨리지 않고 시부모님 생신상은 물론, 가족 모두의 생일상을 차려왔다. 전날부터 준비해 이른 아침에 상을 차리는 일은 쉽지 않았다. 그런데도 그 일이 힘들기보다 오히려 나를 신명 나게 했다. 그 이유는 시부모님 곁에서 받은 사랑에 대한 작은 보답이라도 하고 싶었던 마음이었다. 생일상 앞에서 함께 밥을 먹으며 서로가 얼마나 소중한 존재인지 말없이 나누고 싶었다.

어머니는 가끔 나를 두고 "별나다."라고 말씀하기도 했다. 자기 생일날 자기 손으로 상을 차려 가족을 불러 모으는 모습을 낯설게 여겼다. 평소와는 다른 조금 더 귀한 음식으로 차리려 애썼다. 신혼 초라 솜씨가 부족했지만, 맛있게 드셔주는 것만으로도 충분한 칭찬이었다. 참으로 말을 아끼는 집안이었다. 아버지는 아주 맛있게 식사해도 맛있다, 없다는 평이나 타박을 전혀 하지 않는다. 언제나 음식 솜씨가 훌륭한 어머니의 식사를 평생 드셨으니 말이다. 늘 맛이 없었던 적이 없으니 아버지는 모든 음식을 정말이지 맛있게 드셔 주었다. 보고 배운 대로 남편도 지금껏 해주는 음식을 맛나게 먹어줘서 고마울 따름이다. 내가 특별히 음식을 준비한 날에도 물어보면 그저 "너무 잘 먹었다. 맛있다." 이게 요리에 대한 전체의 평이었다. 서운하지도 자만하지도 말라는 평정심이 밥상 앞에서 느꼈던 첫 번째 감상이었다.

아버지에게 밥 한 끼의 의미가 어떤 뜻인지 잘 안다. 가난을 겪으며 목숨을 유지하는 것 이상을 바라기 어려웠을 것이다. 바로 '식구(食口)'라는 말이 어울리는 시간이었다. 입이 많은 식솔을 먹여 살리기 위해 쏟았을 노고와 정성이 고스란히 담긴 자리였다. 나눈다는 게 얼마나 가치 있는 의미인지를 밥상머리에서 보여주셨다. 그래서인지 아버지는 음식을 남기거나 버린 적이 단 한 번도 없었다. 어머니는 행여 음식 찌꺼기라도 생기면 아버지가 안 보실 때 얼른 치우라고 하셨다. 그 배움 역시 남편에게 고스란히 전해졌다. 무엇 하나 남기지 않고 얼마나 복스럽게 먹는지 죄다 먹는 대로 복을 흡입하고 있는 듯하다.

생일날, 하루라도 함께 모여 기쁨을 나누는 일, 존재해 줘서 고맙다는 마음을 전하는 일, 거기에서부터 존중과 사랑을 배우게 하고 싶었다. 부모님에게도 아이들에게도 당신들은 소중한 존재이니 대접받아 마땅하다고 무언의 상차림으로 인정해 주고 싶었다. 지금 돌이켜 보면, 표는 크게 내지 않았지만 내심 좋아하며 웃어주었던 표정이 떠오른다. 그 장면 속에서 우리 가족은 분명 웃고 있었다.

시댁에서 함께 살았기에 어버이날 역시 각별했다. 한집에 함께 살고 있어서 누릴 수 있는 호강이었다. 부모님은 막내

 할아버지가 남긴 새

아들과 며느리가 한없이 부족해 보이고, 가여워 보였었나 보다. 같은 집에서 살다 보니 귀한 음식을 받아도 우리를 먼저 갖다주셨다. 음식뿐만 아니라, 생활용품까지 살뜰히 챙겨 주셨다. 그러니 앞으로 더 잘 살리라는 믿음을 조용히 심어주셨다. 아끼고 저축해서 살면 재산을 모을 수 있다는 무언의 가르침이었다. 특히 아버지는 당연히 "잘 살아낼 거다."라는 신뢰를 주셨다.

아이들의 돌잔치 역시 잊을 수 없다. 시부모님은 손수 집에서 전통 방식으로 돌상을 차려 주셨다. 친구들은 세련되게 호텔이나 돌 전문 식당에서 멋들어지게 한다고들 했다. 그러나 우리 아이들은 오롯이 시부모님의 손이 거쳐 간 음식으로 마련된 돌상을 받아볼 수 있었다. 만약 그 정성과 사랑의 무게를 눈으로 잴 수 있다면 비교할 수 없을 만큼 컸을 것이다. 그런 조부모님 사랑을 듬뿍 받고 자라서인지 아이들은 심성이 참 곱다. 물론 부모의 유전적 기질도 있지만 내리사랑이라는 말은 지구상에 존재하는 유일한 법칙인지도 모른다.

특히 양쪽 할머니들의 사랑은 이루 다 말할 수가 없다. 아들을 못 낳아 철천지한이 되었던 외할머니에게 첫 손자라는 '아들'의 이름은 소원 성취를 해낸 것 같은 큰 기쁨이었다. 큰 아이가 태어났던 날, 조산원에서 "아이고~ 아들이여, 아들!"

하고 큰 소리로 외치며 산모들을 모두 깨웠던 일화는 지금도 유명하게 전해온다. 평생 아들 낳지 못한 멍에를 짊어지고 사셨을 친정엄마의 심정을 헤아리다 못해 한을 풀어드린 기분이었다. 아들이 없어 입양까지 운운했던 대구의 고지식한 양반 가문의 대를 잇는 업을 이루지 못한 친정어머니였다. 그러니 아들이라는 존재가 얼마나 대단하고 기쁨에 찬 일인지를 잘 안다. 뱃속에 있을 때부터 아들이라고 그렇게 말해주어도 믿지 않았다. "아기는 낳아 봐야 아는 거란다."라며 믿지 못한 데는 이유가 있었다.

늦은 나이에 당신의 막내딸을 확실한 아들이라고 믿고 낳았는데, 연이은 딸이라는 걸 알았을 때 느끼는 심정은 상실감 그 이상이었다고 했다. 마치 아들 하나를 잃어버린 것과 같았다는 말을 전부터 줄곧 들어왔다. 그러니 딸이 시집을 가서 낳은 아들이라는 존재는 아마도 평생 풀지 못한 당신의 과업을 달성한 어마어마한 축복이었다. 어찌 보면 남들도 다 낳는 아들인데 뭔 대수냐고 받아들였을 수도 있지만 세상 누구보다 행복해했던 그날의 친정엄마를 절대 잊을 수가 없다.

시부모님도 그 연유를 아셨다. 사돈댁이 딸만 있다는 걸 알고 있었으니 거기에 첫 손자를 얻어 얼마나 기뻐하는지를 곁에서 지켜보셨다. 눈에 넣어도 아깝지 않을 손자를 자주 보여주라고 배려해 주었다. 친정은 아들, 아니 남자라곤 찾아볼 수 없으니, 아들 아들 하며 그렇게 좋아해 줄 수가 없었다. 지금도 엄마는 큰아들을 "아들과 다름없는 큰 손자"라고 표현한다. 둘이 마주 앉아 있는 모습을 볼 때면, 천륜이라는 말을 실감한다.

시댁에서도 나이 차이가 나는 막내아들의 첫 손주라 다시 애틋함이 감돌았다. 손주들을 다 키운 후에 맞이한 새로운 아기의 모습을 나이 들어 맞이하게 되었으니 그럴 만도 했다. 그러고 보니 큰아이는 계획하지도 않았건만 '어린이날'이 예정일이었던 귀하고 또 귀한 아들이었다. 모습까지 시아버지를 많이 닮아 사랑을 한 몸에 받았다. 한 마디로 할아버지 붕어빵이었다. 외모와 인품, 둘 다를 닮는 게 유전적으로 가능한지 의문이 들 정도였다. 홍씨 가문의 핏줄이 그대로 이어지는 건가 보다. 말수가 적고 차분하고 침착한 데다 살포시 미소 지으며 웃는 모습까지 영락없이 빼닮았다. 우스갯소리로 아이가 태어나서 시댁 쪽을 닮으면 시댁이 좋아하고, 친정을 닮으면 친정이 좋아한다고 들었다. 그러나 우린 시댁, 친정 할 것 없이 다들 너무 좋아해 주셨다. 복 받은 탄생이었다.

우리 부부에게도 그랬다. 아이의 존재는 절묘한 중재자처럼 중립적인 판단을 잘해 주었다. 마치 판사가 우리 집에 사는 것 같았다. 어려도 눈에 보이는 것 말고도 무언가를 꿰뚫어 보았다. 살다 보면 부부가 다툴 일이 한 두 가지가 아니다. 그럴 때마다 큰아이는 두 눈을 부릅뜨고 지켜보고 있었다. 심지어 각자 자기 잘못을 먼저 돌아보라는 듯 가운데서 둘을 바라보곤 했었다.

자라서도 큰아이는 객관적이고 중재를 잘하는 판사의 역할을 톡톡히 해 주고 있다. 가끔 눈물 흘리는 엄마에게 수건을 들고 와 눈물을 닦아주곤 했던 오동통한 고사리손의 큰아이를 떠올릴 때가 있다. 나를 견디게도 했고 힘을 내게도 했다. 세상 전부를 가진 것, 마냥 행복에 넘치게 했던 아이였다. 그 시절 커다랗고 든든했던 한 그루 느티나무인 시아버지가 있었다면 조그만 행복 나무 한 그루가 심어졌다. 매일 물을 주는 기쁨과 성장해 나가는 즐거움까지.

지나고 나니 이 모든 탄생의 시간이 기적이었음을 깨닫게 된다. 가족이 모두 건강하게 지내주어 내가 더 큰 기쁨을 느끼고 있다는 걸 절대 잊어서는 안 된다. 가족의 기쁨은 특별한 사건에서 오지 않고 함께 밥을 먹고 생일을 기억해 주던 평범한 날들 속에 숨어 있었다. 건강하게 곁에 있어 주는 것만으로도 이미 충분한 선물이었고, 그 시간을 감사히 살아내

   할아버지가 남긴 새

는 일이 우리가 배워야 할 삶의 태도였다. 오늘도 다짐한다. '사랑은 기억해 주는 일에서 시작되고 가족은 그렇게 지켜진다.'라는 평범한 진리를.

할아버지 붕어빵 탄생

2000년, 밀레니엄 베이비 탄생이 한창이었다. 남편과 나는 계획한 건 아니었다. 임신과 출산 준비도 완벽하지 않았다. 다만, 아이가 기적처럼 찾아왔다. 운명은 늘 그렇듯 예고 없이 문을 두드렸다. 우리는 서로 다른 면들을 극복해 내기로 했다. 가정을 꾸릴 수 있는 기본 자질이 갖추어졌는지도 모른 채 사랑만 앞섰다. 결혼이란 서로 아껴 주고 배려하는 마음가짐이 매우 필요한 일이다. 자기를 내려놓고 타인을 먼저 생각하는 일은 말처럼 쉽지 않다. 내가 먼저 참아야 하고 견뎌야 하고 때로는 한발 물러서야 한다. 그 인내심을 배웠더니, 어느 순간 기적은 우리 품에 와 있었다.

5월 5일이 예정일인 세상 가장 행복한 선물이 찾아왔다. 느지막이 손주를 맞이하게 된 시부모님은 우리만큼 들떠 있었다. 몸이 약해 보였던 며느리가 아기를 잘 낳을 수 있을지, 걱정하셨던 걸 눈치챌 수 있었다. 몸이 비쩍 마른 데다 팔,

다리가 약해 보였으니 그럴 만도 했다. 그런 걱정이 무색하게도, 큰아이는 모유 수유 우량아 대회에 나가도 손색이 없을 만큼 건강하게 태어났다. 뽀얗다 못해 눈이 부실 정도로 고운 아이. '천사'라는 말이 큰아이를 위해 만들어진 단어처럼 느껴졌다. 모임의 예비 산모 엄마들은 우리 큰아이의 사진을 냉장고 앞에 붙여 놓기도 했다. 친이모들도 "아기가 너무 예뻐 보고 싶어 죽겠다."라며 매주 찾아왔다. 시간만 나면, 여기저기 데리고 다녔다.

남자아이였지만, 태어날 때는 겨우 여자아이 평균 몸무게 정도로 작았다. 하지만 아주 단단하게, 무엇보다 건강하고 크게 키웠다. 임신에서 육아까지 책으로부터 태담, 육아 일기까지 정성과 사랑으로 키워냈다. 몇 개월에는 어떤 음식이 좋다고 하면 빠짐없이 챙겨 먹었다. 매일 태아 일기를 쓰며 이야기를 나누었다. 출산 후에도 육아를 위한 공부를 소홀히 해 본 적이 없었다. 그렇게 아이는 자랐고, 우리는 부모가 되어갔다.

그러던 어느 날 어린이집에서 보내온 알림장에는 이런 글이 적혀 있었다. "야외 활동 중 밖으로 나가면 관광객들이 지엽이를 안아보겠다고 몰려와 일정이 지연되었습니다." 지나가는 사람들의 시선을 사로잡는 아이였다. 귀여운 얼굴만이 아니라 외국 아이 같다는 말도 많이 들었다. 천사처럼 예쁜 큰아들은 우리에게 온 축복이자 삶을 환히 밝혀준 등불이었다. 부모에게 자식이란 존재 자체만으로도 빛나는 것이다. 상상할 수 없는 삶의 기쁨을 매 순간 느끼게 해 준다. 부모님에게 또한 우리가 그런 존재였을 것이다. 그 시절, 우리가 감사함을 가장 많이 품고 살았던 곳이 바로 애월 신혼집이었다.

감사의 중심에는 시부모님이 계셨다. 학원 강사로 나가야 하는 오후 시간은 시부모님께서 대신 아이를 돌봐주셨다. 밭일을 마치고 돌아오신 뒤에도 피곤한 기색 하나 없이 맡아 주셨다. 은혜를 입은 오래된 육아의 과정을 지금 떠올려보니 얼마나 감사했는지 더욱 사무치게 느껴진다. 아버지, 어머니 두 분이 그나마 건재해 주신 것도, 농사로 고단한 시기에도 묵묵히 손주를 안아주셨던 힘은 바로 조부모라는 이름으로 살았기에 가능한 일이었다.

아버지를 애도하는 이 글을 쓰며, 우리가 감사하고 사무치게 고마워했던 순간들을 마주할 수 있어 다행이다. 잊을 수도 없지만 잊어서도 안 되는 숭고한 사랑을 다시금 가슴에서 녹여낼 수 있었다. 톨스토이는 말했다. "이 세상에 죽음만큼 확실한 것은 없다. 그런데 사람들은 겨우살이 준비는 하면서도 죽음은 준비하지 않는다." 우리도 부모님은 영원할 거라

   할아버지가 남긴 새

믿었다. 마음의 준비조차 하지 못했다. 죽음이 먼 곳에 있다고 여겼다. 떠난 아버지를 기억하고 그리워하는 마음을 글로 나누게 되어 위안이 된다. 이 글이 우리 가족뿐 아니라 아버지를 기억하는 모든 분, 또 다른 상실로 아파하고 있을 누군가에게 작은 위로가 되기를 바란다.

1년이라는 시간은 빠르게 흘러갈 것이다. 2026년 3월 17일에 이 책을 받아 들 우리가 충분히 긍정적인 애도의 시간을 보내었길 기대해 본다. 그날 우리는 2025년의 2월 27일로부터 이야기가 시작될 것이다.

2000년생인 큰아들은 유난히 아버지를 많이 닮았다. 조산원에서, 낳자마자 배 위에 올려졌던 아기의 모습은 아직도 선명하다. 그때 내가 읽고 있던 소설의 첫 장면도 그렇게 비슷했다. 갓 태어난 아이에게 할아버지의 이름을 따서 지어주었다는 내용처럼. 아버지의 막내아들 첫 손주의 고운 이름도 직접 작명해 주셨다. 탄생과 죽음의 순환을 이어가는 게 인생이라는 걸 깨달았다. 동시성처럼 찾아온 욘 포세의 『아침 그리고 저녁』, 그리고 『새들이 남쪽으로 가는 날』을 읽으며 깊이 고개를 끄덕였다. 또한 탄생과 죽음을 대하는 우리의 자세가 어떠해야 하는지를 읽어낼 수 있었다. 그래서 한 개인의 삶, 사랑, 우정, 헌신을 통해 아버지가 우리에게 보여주고자 했던 삶을 내가 읽은 책처럼 엮어내고 싶었다. "모든 것이 지나가, 그의 때가 되면, 스러져 다시 아무것도 아닌 것이 되어, 왔던 곳으로 돌아갈 것이다."라는 묵직한 울림이 지금의 나를 돌아보게 한다. 결국 죽음은 삶을 밀어내지 않는다. 삶의 일부로서, 조용히 자리를 옮길 뿐이다.

큰아들은 스물여섯 해의 할아버지를 또렷이 기억하고 있을 것이다. 아주 아기였을 기억이 가물가물한 때를 빼면 스무 해 남짓. 어떻게 기억되었을지 궁금했다. 1년이 되는 기일 날이 되어 꺼내줄 이야기를 여기에 다 싣지 못하는 아쉬움이 크다. 비밀리에 글을 써서 책으로 낼 마음을 들키지 않기 위해 무진 애를 썼다. 그래서 내가 모르는 시부모님의 살아온 과거를 더 묻고 싶었다.

제사 준비를 마치면 조용히 가족들의 손에 쥐어질 이 책이 아버지의 또 다른 애도의 방법이며 남은 삶을 통합하는 계기가 되길 바라는 마음이다. 두 권의 소설책을 읽는 내내 아버지의 죽음과 애도를 가장 깊이 이해할 수 있었던 귀한 시간이었다. 삶 속의 죽음, 죽음 속의 삶을 이토록 아름답게 직조해 낸 노벨문학상 수상 작가의 글을 잊을 수가 없다. 그래서 문학의 힘은 거대하다고 말한다.

큰아들은 아버지의 외모뿐 아니라 정서적인 면까지 닮았

다. 아버지 나이대와 같은 유머로 웃기는 모습이며 말이 많지 않다. 주로 들어주고 기다려 준다. 다른 사람의 마음을 헤아리는 게 우선이다. 심성이 곱고 차분하고 묵직했다. 감성도 풍부하여 글을 쓰고 영화를 사랑하는 멋진 청년으로 자라 주었다. 그것이 남편과 내가 행복한 사람이라고 자주 말하는 까닭 중 하나이다. 우리 삶의 이유이자 전부이다.

착하게 잘 자라주었고 인성이 올바른 사람으로 커 준 게 가장 고마운 일이다. 동생도 형을 존경하고 우리 형인 게 늘 자랑스럽다는 말을 아끼지 않는다. "형은 진짜 멋진 사람이고, 인성이 훌륭하니 모든 사람이 좋아해요."라고 입이 닳도록 자랑한다. 형제애가 남다른 것. 이 또한 감사한 일이다. 내리사랑으로 조부모, 부모에게까지 크나큰 사랑을 받고 자랐으니 더 말할 필요가 없다. '감사함으로 자란 아이는 너 질 웃는다.'라는 말을 증명해 준다. 큰아이는 웃음이 많다. 따뜻한 사람으로 나눌 줄 알고 남을 먼저 위할 줄 아는 사람으로 아버지의 유전자가 고스란히 대물림되었다.

"아버지 고맙습니다." 이 한마디로 그간의 받은 사랑을 다 전할 수 없어 마음이 아프다. 이왕이면 생전에 이 말보다는 "사랑합니다."라는 말을 더 자주 해 드리지 못한 게 큰 후회로 남는다. 아이들에게는 언제든 "할아버지 사랑해요! 라고 말해드려야지."라고 했으면서 말이다. 사랑의 인사는 자주 해드려야 하는 거라고 강조했다. 진즉 우리는 몇 번이나 이 말을 해드렸는지 뒤늦은 후회와 회한이 가슴을 세차게 후려 친다. 이제 받은 사랑의 힘을 발판 삼아 각자의 자리에서 제 몫의 삶을 살아내는 것. 은혜에 보답하기 위해 우리의 삶을 열심히 살아내는 게 바로 애도의 시작이다. 슬픔은 사라지지 않는다. 다만 우리는 그 슬픔과 함께 살아가는 법을 배울 뿐 이다. 애도는 슬픔을 없애는 일이 아니라 받은 사랑을 삶으 로 증명해 가는 일이다. 오늘도 우리는 그 사랑을 밑천 삼아 하루를 산다. 그렇게 할아버지는 아이의 웃음 속에서, 우리 의 태도 속에서 여전히 살아 계신다. 할아버지를 꼭 닮은 미 소가 내게도 번져 흐르는 날이다.

17번 제사

결혼하고 아이를 출산하는 과정에서 시집살이의 초반은 제사를 지내는 날들로 가득했다. 아무것도 모른 채 남편 하나만을 보고 온 시집이었다. 종갓집 버금가는 대소사가 많아도 너무 많았다. 귀띔 한번 없이 맞닥뜨려야 할 일들이었다. 알았다 한들 달라졌을까 싶지만, 그때의 나는 그저 '며느리'라는 이름이 어떤 무게인지 알지 못했다. 학원 강사로 일하면서 1년에 열일곱 번이 넘는 제사를 한 번도 빠지지 않고 잘 해 왔다. 돌이켜 보면 대견하다 못해 책임감 하나로 버텨온 2, 30대였다. 끈기와 인내심으로 가족이라는 운명 공동체의 임무를 수행해 온 시간이었다. 울면서 지나간 날들도 많았다. 제주의 강인하고 척박한 문화를 받아들이는 게 쉬운 일은 아니었기 때문이다.

어린 시절부터 문화의 차이는 갈등의 씨앗이었다. 풍습과 문화가 달라서 부딪히는 친정 부모님의 삶은 그리 평탄해 보

    할아버지가 남긴 새

이지 않았다. 경상도의 풍습과 제주도에서 자란 친정엄마의 삶의 방식은 확연히 달랐다. 그래서 두 분의 다투는 소리는 끊이질 않았다. 서로 다른 문화와 풍습 차이로 충돌이 잦았다. 그럴 때마다, 친정아버지는 "눈에 흙이 들어가기 전에는 제주 사람하고 결혼하지 말라."는 말씀을 자주 하셨다. 고3이 될 때까지도 독신을 맘속에 품고 살았다. 어디 출신의 남자가 아니라, 일단은 내 인생의 주인으로 우뚝 서고 싶었기 때문이다.

내 삶의 주체로 꿈을 이루며 살아가려고 계획했었다. 확고하고도 남았을 계획을 완전히 수포로 만들어 버린 대단한 남자가 바로 곁에 있는 남편이다. 아니 어쩌면 친정아버지가 맺어주고 간 운명적인 인연이라 할 수 있다. 제주에서 생을 마감하신 탓에, 나는 제주로 내려오게 되었다. 그렇게 만난 남편은 인간의 전인적인 성장 과정을 함께 걸어가도록 이끌어 준 사람이다. 시부모님 또한 올바른 삶을 사는 본보기를 보여 주었다. 불완전하고 부족함이 많았던 나를 사랑으로 이끌어 주시고 품어 안아주셨다. 내가 홀로 독립적인 삶을 살면서 겪어야 할 위험과 고독으로부터 구원해 주셨다. 풍요로운 삶 속의 충만한 행복을 누릴 수 있도록 해 주었다. 존경하는 남편과 너무나 사랑하는 아이들, 이를 둘러싼 가족들이 없었다면 외눈박이 물고기처럼 인생을 바라봤을지도 모를 일이다.

그런데 현실의 삶은 녹록지 않았다. 수많은 제사를 다 치르며 살아가기에 역부족일 때가 많았다. 눈물로 시름을 달래 보기도 했다. 정신없이 바쁘게 살다 보면 어김없이 다가오는 제삿날이 되었다. 어떤 달은 세 번이나 제삿날이 있어, 친구들이 모임 날짜를 잡을 때면 먼저 우리 집안의 제삿날부터 물어볼 정도였다. 집안일을 아버지처럼 살갑게 도와주지 않는 남편은 큰 도움이 되지 않았다. 그저 함께 있다는 사실만으로 우리는 하나의 끈으로 연결되어 있었다. 엄하고 손이 큰 종부였던 어머니는 지난한 삶을 어찌 견뎌왔을까? 아마도 아버지의 키다리 아저씨 같은 사랑의 힘이 있었기 때문이리라 짐작된다.

옆에서 지켜본 아버지는 늘 무거운 것, 손이 많이 가는 것, 번거로운 일들을 도맡아 해주셨다. 그러니 어머니는 힘들고 복잡하게 느껴지는 일들을 손쉽게 해 나갈 수 있었다. 일손이 하나 더 있으니 얼마나 편하게 할 수 있었을까! 아내들은 남편이 그렇게 도와준다면 거창한 요리도 해 볼 만할 것이다. 그래서인지 어머니는 손이 많이 가는 음식을 제사에 정성껏 마련하셨다. 제주 특유의 기름떡, 빙 떡, 솔잎을 직접 주워다 떡을 만들어서 쪄냈다. 식혜, 수정과를 직접 만들었고, 전통 음식의 맛을 고수했다. 특히 조상님들이 즐겨 좋아했던 음식이 무엇인지, 안 드시는 음식은 또 어떤 것인지에 대해서 알려 주셨다.

나는 결혼을 하고서야 제주 고유의 음식 맛을 알아가게 되었다. 곁에서 부모님이 보여주신 과정이 지켜져야 할 문화유산이라는 걸 체득하지 못했다. 그중에서도 가장 놀라운 건 피순대였다. 순대 장인들이 모여 일련의 삶고 찌고 내장에 넣는 일까지 공장에서나 가능할 것 같은 일을 일반 가정집에서 척척 해냈다. 마을의 순대 명인들이 삼삼오오 모여 피순대를 만들던 장면은 잔칫집에서나 볼 법한 광경이었다. 그러나 평범한 어느 일상에 피순대를 만들어내기도 했다. 진두지휘하는 아버지와 어머니의 모습은 우리가 평생 기억해야 할 명인의 모습 그대로였다.

특히 조상을 잘 모셔야 한다는 가르침은 내가 시집와서 가장 먼저 배운 가풍이었다. 제삿날이 오면 "아이도 울리지 말라, 집에 어지러운 것들도 치워야 한다, 몸가짐을 단정히 해라, 조상님이 드시지 않았던 음식은 집에다 두지도 말라." 등의 지켜야 할 사항이 많았다. 이유를 묻기보다는 그래야 하는 건가 보다 하고 가르치는 대로 배우며 살았다. 다들 그렇게 사는 것처럼. 지금 돌이켜 보면 부모 세대에서 내려오는 걸 그대로 전수하고 이어 나가는 게 전통이었다. 다소 번거롭고 복잡한 의례들을 견디며 제주 사람이 되어가고 있었다.

가족이라는 거대한 힘이 없었다면 불가능한 일이었다. 아버지는 그 중심에서 말없이, 묵묵히 이끌어 나가셨다. 아버지 세대에서 꼭 전해주고 가야 할 가풍이라도 있는 것처럼, 우리 세대에게 삶으로써 보여주셨다. 가끔은 무엇이 옳다, 그르다를 평하기 전에 답습해야 할 삶의 방식이 있다는 걸 그때는 알지 못했다. 전통 방식에 따라 열두 시가 되어야만 제사를 파하는 시간이 오면 이미 손주들은 졸다가 나가떨어져 버렸다. 어머니를 비롯한 며느리들 역시 늦은 시간이라 피곤함에 지쳐갔다. 파제(罷祭)를 하고 늦은 시간까지 음복하고 치우고 나면 새벽 한두 시는 기본이었다. 집으로 건너가 씻고 정리해서 잠들면 새벽에 잠들고 몇 시간 자지도 못한 채 다시 새벽에 일어나야 했다. 이런 생활을 1년에 열일곱 번이나 하며 살았을 아버지, 어머니를 떠올렸다. 기나긴 세월을 그렇게 살아오면서 얼마나 많은 우여곡절이 있었을지 알 도리가 없다.

세월이 흘러 언제부턴가 문중에 당일 제를 하자는 의견이 나왔다. 아이들도 힘들어하고 요즘 흐름이 당일 제를 하는 추세라고 했다. 여러 번 의견을 올려 보기도 했다. 그러나 여전히 고수해야 할 것을 바꾸는 일이란 쉬운 게 아니었다. 문중에서 반대한다는 것이었다. 강력하게 밀고 나가도 윗세대를 꺾을 수가 없었다. 그러던 어느 날 당일 제를 고려해 보고 있다는 말이 전해졌다. 서서히 우리에게도 희망이 보였다. '죽으란 법은 없구나!'라는 말을 이럴 때 써도 되나 싶어질 정도였다. 드디어 당일 제로 결정되는 날이 왔다. 세상에 이런 일이라도 일어난 듯 놀랍고 기뻤다. 그야말로 새로운 세상이 열렸다. 시간을 조금 당긴 것뿐인데, 삶의 질이 현격히 높아졌다. 그러니 다들 힘겹고 피곤해하던 모습에서 활기가 생겼다.

시집와서 변화한 제사 문화가 나를 가장 행복하게 해주는 일이 될 줄이야 꿈에도 생각 못 했다. 무엇보다 아이들이 자야 할 시간에 자게 된 것도 큰 변화였다. 이모저모로 바뀐 생활이 살만하다는 느낌으로 크게 다가왔다. 그러면서 30년이 넘은 제사는 지제(止祭)하게 되었다. 서서히 합제(合祭)라는 방식으로 줄여가기도 했다. '하늘이 돕고 있구나' 할 정도로 제주 여성들에게 제사의 변화는 단순한 절차의 변화가 아니라, 삶의 전환이었다. 그 안에 어머니가 있었고, 며느리인 내가 있었고 우리 아이들이 있었다. 시댁에서 사는 동안에 가장 힘든 시간을 함께 보냈다. 그 마음을 헤아려줄 사람은 아무도 없었다. 가장 힘든 시간을 함께 견디며 이겨내고 있었다.

우리가 살면서 당연하다고 여기는 걸 이어받는 세대가 어떻게 여길지 생각해 볼 필요가 있다. 또한 우리 세대가 앞선 선조들의 고단했던 삶을 잊지 말아야 하는 부분도 반드시 있다. 전통의 대물림, 지켜져야 할 문화는 이어 나가야 한다. 전통은 무조건 고수하거나 무조건 버릴 대상이 아니었다. 지켜야 할 정신은 이어가되, 삶을 소진하는 허례허식은 가지치기해야 했다. 물론 부모 세대가 잘 물려준 정신적, 물질적 유산을 존중하면서도 살아있는 삶에 숨통을 트게 해야 했다. 왜 옛날 사람들의 삶을 돌이켜보면 그러했는지 고개가 끄덕여지는 지혜는 있기 마련이다. 우리가 지켜나가며 보완해야 할 신념만 잃어버리지 않으면 된다.

제사를 물려받은 지 꽤 오랜 시간이 지났다. 부모님이 강조했던 '제사는 무조건 정성껏 모셔야 한다.'라는 가르침은 변함이 없다. 이 마음만 끝까지 갖고 가면 되는 것이다. 제사는 고단한 의무가 아니라, 한 집안이 살아온 시간을 몸으로 기억하는 방식이다. 견뎌온 세월 위에서 우리는 무엇을 지키고 무엇을 내려놓아야 하는지를 배웠다. 누군가의 죽음에 이은 제사도 살아있는 삶과 뗄 수 없이 이어지는 관계라는 것을 배워간다. 그러니 주어진 삶에 충실해야 한다. 오늘은 오늘의 태양이 뜨고, 내일은 내일의 태양이 떠오를 것이다. 그

 할아버지가 남긴 새

것이 우리가 배운 제사의 의미이자 살아있는 애도의 방식이
다. 제사는 돌아가신 이를 향한 형식이 아니라, 남아 있는 우
리가 기억하고 마음을 이어가는 시간이다. 그 앞에서 우리가
어디에서 왔는지를 잊지 않으면 된다.

막내아들의 막내 손주 탄생

남편은 2남 2녀 중 막내아들이다. 시부모님은 가장 마지막 결혼식을 1999년에 치렀고 우리 부부는 마지막 막내 손주를 2002년에 안겨 드렸다. 시댁에서 보는 마지막 손자였다. 23개월 차이로 빠르게 찾아온 작은아들은 내가 갖고 싶어 열렬히 소망했던 아들이었다. 딸이 많은 집에서 자라서인지, 아들만을 간절히 바랐던 친정엄마의 염원 때문이었는지, 둘째도 아들이라는 게 너무 행복하기만 했다. 아들을 간절히 바라던 소원을 들어주었다. 빨리 찾아온 데는 다 이유가 있었다.

겨울에 태어난 막내 손주를 위해 어김없이 몸조리도 해주셨고, 큰아이를 돌보는 일까지 도맡아 해주셨다. 조산원에서 몸조리하던 어느 날, 어머니가 아기나 마찬가지인 큰아들의 손을 잡고 들어서자, 눈물이 왈칵 쏟아졌다. 아직도 아기인 큰아들이 동생이 생겼다고 의젓하게 할머니 손을 잡고 따라왔다. 동생이 생겨 기쁘다는 표현을 미소로 보여주었다.

마치 걱정하지 말라는 듯이, '나는 형이니까, 잘 지내고 있다고, 그러니 아기가 건강했으면 좋겠다.'라는 어른스러운 웃음을 지어 보였다. 큰아들은 동생이 빨리 태어나서인지 무척이나 어렸을 때부터 의젓했다. 심성이 착하고 순했다. 포용력도 많고 배려도 잘해 주는 형이다.

어머니도 마찬가지였다. 큰아들이 태어났을 때도 아주 좋아했고 둘째도 아들이라는 사실에 흡족해하셨다. 시간이 흘러 찾아온 두 손자를 누구보다 기뻐해 주고 애지중지해 주셨다. 남편은 시부모님이 바라는 대로 결혼도 일찍 했고 예정대로 아이도 빨리 낳았다. 순조롭게 모든 일을 해 나갔으니 이보다 더한 효자도 없다. 물론 지금도 효자로 둘째라면 서러울 정도로 효심이 넘친다. 옆에서 지켜본 사람으로서 남편은 한결같이 부모님들에게 잘하는 착한 아들이자 고마운 사위이다. 어느 부모 할 거 없이 똑같이 잘하기란 쉬운 일이 아니기 때문이다. 남편의 이런 마음 자세를 우리 아들들도 잘 이어가리라 생각한다. 아이들은 보고 배운 대로 하는 것이니까. 내가 미처 헤아리지 못한 부분까지 살뜰히 챙겨 준다. 마음이 한없이 넓어 조카들도 제 자식처럼 아끼고 보살피고 있다. 그러니 고마운 마음을 숨길 수가 없다.

작은아들은 입매가 짧아 모유도 조금씩 자주 먹었다. 성격이 급한 걸 보면 식성 탓도 있는 듯하다. 모유도 그렇게 먹더니만 자라면서 밥을 안 먹어서 유난히 힘들었던 아이였다. 오죽하면 새 모이처럼 먹어서 '멜 배설'이라는 별명이 붙을 지경이었다. 매일 다양한 이유식을 손수 만들어 입맛을 돌게 했다. 겨우 몇 숟가락을 뜨면 외면하고 말았다. 그러니 밤에 자는 모습을 보면 뼈가 앙상해서 불쌍하기 이를 데 없었다. 시부모님은 아예 굶겨보라고 하셨다. 엄마 마음은 그게 아닌데, 어쩔 수 없이 안 먹겠다고 하면 그냥 둬 보기도 했다. 그럼 간식이나 군것질을 조금 하고는 먹지 않는 것이었다. 시어머니는 장어즙이니, 토끼 고기까지 안 먹여 본 게 없었다. 그마저도 안 먹겠다고 떼를 썼다.

깡말라서 예민해질까 봐 걱정되기 시작했다. 좋다고 하는 영양제를 먹여 보았다. 그러던 어느 날, 그날도 어김없이 영양제를 주었다. 잘 받아서 먹는 시늉까지 하니 다 씹어 먹는 줄 알았다. 그런데 오랜만에 화초에 물을 주려고 화분을 본 순간 얼음하고 내 몸은 굳어버렸다. 화초를 둘러싸고 가지런하고 나란하게 돌아가면서 영양제를 심어놓았다. 웃어야 할지 울어야 할지 기가 막혔다. 하원 시간이 되어 작은아들이 돌아왔다. "지수야, 엄마가 준 영양제 꼬박꼬박 잘 먹었어?"라고 물었다. 잠시 머뭇거리더니 "엄마가 좋은 건 같이 나누어 먹어야 한다고 해서 화초에도 나눠 줬어요. 아파 보여서요. 시들시들한 게 힘이 없잖아요." 하는 말에 천재인가 하는 착각을 불러일으켰다. 내가 언젠가 맛있는 음식은 다른 사람들과 항상 나누어 먹어야 한다는 말을 기억했다가 되받아쳤다.

쪼그만 게 말을 어찌나 잘하는지 어렸을 때부터 당해낼 재간이 없었다. 무슨 호기심은 그렇게 많은지 "왜요? 왜 그렇게 해야 하는데요? 왜 먹어야 해요? 뭐가 좋아지나요? 그래서 어떻게 되는데요?" 작은아들은 늘 따져 묻기를 좋아했다. 말은 또 얼마나 잘하는지 모르는 건 찾아서 답해주겠다고 해야 안심했다. 이 유전자가 도대체 어디서 왔을까 궁금하던 중 어머니께 해답을 듣게 되었다. "느네 남편 어릴 적에 밭에 돌앙 가민 라디오가 필요 어실 정도였져이. 밭고랑을 따라 댕기멍 온종일 종알종알 댔주게." 부전자전인 셈이다.

그래도 심성은 곱고 착한 아이였다. 책을 자주 읽어 주어서인지 책 읽기를 가장 좋아했다. 아이가 조용해서 둘러보면 혼자서 책을 찾아와서는 무아지경에 빠져 있었다. 큰아들에게 신경을 쓰고 있으면 혼자서 책 읽다가 혼자서 잠이 들었다. 안아달라는 잠투정 한번 없었다. 미안함이 있는 작은아들에겐 스스로 하는 자립심이 그때부터 생겼는지도 모른다. 행동이 재빠르기도 해서 활동적이었다. 마치 럭비공처럼 움

직였다. 볼링공처럼 묵직하고 차분한 형과는 다른 면들이 많
았다. 한 마디로 정적이고 고요한 큰아이에 비해 동적이고
활달했다. 그래서인지 어머니는 모임에 나가실 때도 차분하
고 얌전한 큰아들만 데려가곤 하셨다. 큰아이는 할아버지와
도 많이 닮았고 느긋하고 조심성도 많았다. 반면 작은아이는
줄곧 엄마와 함께 있길 좋아했다. 울기도 자주 울었지만, 키
우는 데 수월한 면도 많았다. 잠투정이나 칭얼대는 것 없이
혼자서 잠들기도 하고 같이 놀아주면 누구보다 좋아했다. 책
을 많이 읽어줘서인지 언어 표현력이 뛰어났다.

　어느 날엔 "엄마, 유아원에서 키 큰 친구가 마구마구 때렸
어요."라고 어린 아기가 전해주어 웃음을 지었던 기억이 난
다. 때로는 일에 바빠 집으로 잘 오지 못하는 아빠에게 "아
빠, 우리 집에 또 놀러 오세요."라고 해서 시댁 식구들 모두
웃음바다가 된 적도 있었다. 할아버지는 어린 두 손주를 위
해 해달라는 건 다 해주셨다. 직접 풍선을 사다 주었고 레고
장난감을 갖고 싶어 하면 말없이 데리고 가서 사주셨다. 지
금도 우리 아이들은 그 어린 시절 시댁에서의 할아버지에 대
한 기억은 따뜻함이 전부였다고 말한다. 무엇이든 해주고 싶
은 마음이 얼마나 컸을지 우리도 조부모가 되어 보아야만 알
수 있을 일이다.

"사랑합니다. 아버지, 어머니!"라고 말하지 못했던 건 여전히 후회로 남는 일이다. 그 말을 나는 우리 아이들에게는 늘 하게 했다. 작은 것 하나, 먹을 것 하나, 베풀어 줄 때마다 말씀드리라고 시켰다. 그래서인지 다행히도 아들들이지만 사랑 표현은 자연스럽다. 진즉 우리 부부는 사랑도, 은혜도 늘 고맙다는 말로 일축했다. 지금이라도 못다 한 말을 충분히 해 드릴 수 있게 되어 이 글을 잘 썼다는 생각이 든다. "아버지, 많이 사랑합니다. 아버지를 만나서 아버지의 며느리로, 상표 씨의 아내로 정말 행복한 삶을 살고 있습니다." 사랑은 표현할수록 느는 법이다. 그러니 사랑에도 연습이 필요하다.

조용한 아버지의 꾸짖음, 무심한 듯 쏟아부어 준 사랑에 보답할 방법이 있어서 다행이다. 이렇게나마 추모의 글을 쓸 수 있고 애도할 수 있어서 얼마나 감사한지 모른다. 인생길에 수많은 탄생과 죽음이 교차하지만, 아버지가 보여준 숭고한 사랑은 평생 잊을 수 없다. 상실은 비탄과 슬픔만 있는 게 아니라 이처럼 추억과 감사함을 다시 떠올려보게 한다. 함께 했던 좋은 시간은 헤어짐을 더욱 힘들게도 하지만, 추억은 살아가는 힘이 되기도 한다. 앞으로 마주하는 어떤 상실에도 두려워하지 말라는 조용한 가르침을 배우는 중이다.

막내 손주의 탄생은 사랑이 얼마나 여러 모습으로 되돌아

오는지 보여준 선물이다. 말없이 베풀던 아버지의 사랑은 손
주들의 웃음과 우리의 삶 속에 그대로 남아 있다. 받은 사랑
을 다시 꺼내어 삶의 원동력으로 삼길 바라는 당부이다. 할
아버지의 사랑은 사라지지 않고 기억 속에서 다시 삶을 키워
나간다. 세대를 거듭해도 변하지 않고 끝까지 지켜내야 하는
게 바로 '사랑'이다. 그 두 번째 증표가 막내아들의 막내 손주
이다.

아버지의 분신, 자전거

시댁에서 신혼을 보내며 가장 눈에 띈 물건은 아버지의 자전거였다. 쌀 배달을 하던 시절부터 타오시던 튼튼한 자전거였다. 한 가마니에 80kg이나 되는 포대 자루를 삼발이 자전거로 실어 나르셨다. 그만큼 아버지의 건강도 좋았다는 징표다. 자전거를 타셨으니 하체 건강부터 키가 큰데도 무척 꼿꼿하셨다. 힘든 일을 많이 하신 데 비해 허리 하나 다리도 굽은 데가 없었다. 무거운 쌀 포대 자루를 뒤에 싣고 자전거로 여러 곳을 다녔으니 힘들었을 게 당연하다. 그런데도 육체적으로 힘든 내색을 한 번 하지 않는 아버지였다. 식구들을 위해 할 수 있는 일을 묵묵히 해 나갔다. 그러고 보니 남편이 가장으로서의 책임감은 바로 아버지의 유전자였다는 걸 알게 되었다.

시댁 식구는 해야 할 일을 미루는 법이 없다. 즉시 해치워야 다음 진도를 나가기라도 하듯이. 시집을 와서 가장 먼저 보고 배운 점이다. 그것은 어머니도 마찬가지였다. 시댁 식구들은 모두 부지런하고 성실하다. 책임감도 강하고 주어진 일을 맡아서 철저하게 해 나간다. 똑 부러지게 완벽하리만치. 자식들은 부모를 보고 배운다는 진리를 실천으로 옮겼다. 그야말로 비가 오나 눈이 오나 하루도 빠짐없이 밭일을 나가셨다. 쉬지 않고 일에 열중하는 모습은 자식들 모두 닮아 있다.

직장 일하듯이 밭일하면서 쌀가게를 하셨다는 아버지는 자전거를 오래 타셨다. 시집을 와서 집 안으로 들어가려면 현관에 세워진 아버지의 자전거를 지나가야 했다. 그 자리에 늘 강직하게 서 있는 자전거는 아버지의 분신이었다. 아버지의 자전거는 단순한 이동 수단 그 이상이었다. 가족을 위해 쉼 없이 달려온 삶의 방식이었다. 끊임없이 반복해서 페달을 돌려야 했다.

남편이 어릴 때 자전거를 태워 주는 대신 무거운 쌀 포대를 싣고 다녔을 것이다. 아버지가 자전거로 여기저기 다녀준 게 얼마나 큰 책임인지는 지나고 나서야 알게 된다. 가장으로서의 막중한 임무를 끝까지 해낸 기억이 가족을 평온하고 따스하게 해 주었다는 것을. 행복한 추억은 남겨진 사람에게 살아가는 힘이 되어 준다. 어머니가 요리하시며 필요한 식자

  할아버지가 남긴 새

재를 사다 주시기도 했다. 밭에 물 갈러 갈 때도 마찬가지였다. 그때마다 큰 몫을 해 준 건 아버지의 자전거였다.

여러 일을 해주고, 부탁을 들어주는 아버지의 얼굴은 행복해 보였다. 가족을 위해 작은 거라도 해주고 싶어 하는 마음. 아버지가 가장으로서 보여준 가장 따뜻한 사랑이었다. 우리 아이들도, 우리 부부도 부모님에게 그대로 배웠다. 아낌없이 주고도 모자라서 계속 주고 싶어 했던 그 마음을. 지나고 나니 다시 되돌려드리지 못한 후회만 가득 남아 있다. 아이들도 결혼식에, 취업해서 직장에 다니면 첫 월급으로 내의도 사드리고 용돈을 드리려는 다짐을 실천할 수 없게 되었다. 받기만 한 사랑은 외사랑이 되어 고스란히 남아 버렸다. 다행히 할머니가 계시니 두 배로 더 잘해드려야 한다고 얘기한다.

지금 생각해 보면 아버지는 아무리 좋은 일도, 웃긴 일이 생겨도 큰 소리로 활짝 소리 내어 웃어본 적이 없었다. 그걸 아버지가 떠나고 나니, 웃던 모습을 그려보며 알게 되었다. 크게 호탕하게 웃지 않으셨다. 그 이유가 궁금해지기도 했다. 청력이 약해서 잘 듣지 못하는 불편함 때문이었을까? 아니면 천성인가? 무엇이 아버지를 소리 내어 웃게 하지 못했는지 궁금했다. 아이들과 있을 때도 지그시 바라보며 미소 짓는 게 전부였다. 가만히 지켜보시기만 할 뿐이었다. 필요한 걸 눈치채고는 만들어주셨다. 그러면 아이들이 신나 하는 모습에 덩달아 좋아하셨다. 그리고 보니 아버지는 자식과 손주의 마음을 다 읽고 계셨다. 그런 아버지께 필요한 걸 많이 물어본 것도 있었지만 막상 아버지의 마음은 다 헤아려 드리지 못한 것 같아 안타까울 따름이다.

왜 마음먹은 걸 실천하지 못했나 하는 아쉬움만 덩그러니 남아 버렸다. 병환 중인 걸 알면서 더 많이 가보지 못한 것도 떠나고 나서야 후회가 막심하다. 해 드린 거보다 해 드리지 못한 것만 생각난다. 아버지가 무얼 좋아했고, 무얼 하고 싶어 했는지도 모른 채 같은 공간, 같은 시간을 함께 흘렀다. 지나고 나면 아쉬움이 커지는 게 당연하다. 그렇게 생각보다 일찍 가실 줄 알았더라면, 나눌 수 있는 걸 많이 했어야만 했다. 우리 가족은 아버지의 훌륭한 인품과 인자한 모습, 자애로운 사랑은 똑같이 기억하고 있을 것이다.

시간이 흘러 아버지가 아끼고 오래 타왔던 자전거를 오토바이로 바꾸었다. 시대의 흐름에 따라 편리함을 얻게 되었다. 연세가 들어가니, 오토바이가 편해진 건 맞지만 그만큼 위험부담이 컸다. 청력이 약해서 도로에서 운전하는 걸 염려하기도 했다. 그러나 아버지는 오토바이로 하루에 세 번 정도는 어머니를 뒤에 태워 주셨다. 밭으로 경로당으로 자주 데리고 다니셨다. 70대의 아버지는 어느새 80대가 되어 있었다. 시간이 흘러가는 걸 함께 살면서 느끼지 못했다. 조금씩 달라지기 시작한다는 걸 알아차려야 했다. 청력도 더 약해졌고, 노화도 빨라졌다. 우리는 모두 자전거를 타던 젊은 모습의 아버지가 영원하리라 생각했다. 그렇게 늘 푸른 느티나무처럼.

언젠가 아이들에게도 물어본 적이 있었다. "할아버지가 너희들에겐 어떻게 기억되고 있어?" 예상대로 할아버지는 인자하고 참으로 다정한 분이었다고 말해 주었다. 어린 시절을 할아버지와 함께 보낸 우리 아이들은 누구보다 예의 바르고 웃어른을 공경할 줄 안다. 받은 사랑이 커서이기도 하지만 가족들의 따뜻한 사랑을 보면서 자랐기 때문이다. 부족했지만 마음만큼 늘 할아버지를 위하고 존경했다. 극신히 모시며 받은 사랑을 잊지 않았다. 가슴 아픈 건 받은 사랑을 다 갚아드리지 못한 것이다. 말보다 행동으로 사랑을 증명한 시간은 우리에게 고매한 인품으로 고스란히 이어졌다.

시댁의 네 남매는 모두 효성이 지극하다. 남편도 부모님 심정을 잘 헤아리고 집안일을 먼저 의논하는 그야말로 착한 아들이다. 둘째가라면 서러운 확실한 효자이다. 제주시로 이사 나온 후에도 일주일마다 꼬박꼬박 안부 인사를 묻고 찾아뵙는다. 지금도 그러하지만, 앞으로도 계속되리라는 걸 잘 안다. 아버지의 가족 사랑은 가장으로서 책임을 다하기 위한 부단한 노력이었다. 끊임없이 페달을 돌려야 했던 낡은 자전 거가 그 증거였다. 분신과도 같은 자전거에 많은 추억과 행복이 담겨 있었다는 걸 아버지도 알고 있을까?

떠나보내는 자리에서, 성인이 된 우리 큰아들의 말이 귓가를 맴돈다. "할아버지는 젊어서부터 얼마나 훌륭한 분이었나요? 이렇게 많은 사람이 존경하고 있으니 말이에요." 혼잣말처럼 되뇌었던 큰아들은 아버지를 가장 많이 닮은 손자이다. 그래서인지 마음이 더 아려온다. 유전의 힘은 강력하다. 아버지를 그대로 닮은 나의 남편, 그리고 심성 착한 큰아들. 내가 본 세 사람은 데칼코마니처럼 닮아있다. 성격도, 표정도, 미소도, 심지어 암기력 좋은 것까지 닮았다니 피는 못 속인다는 옛말이 하나 틀린 게 없다.

아버지가 떠나고 난 어느 날 어머니는 남편의 옆모습을 보며 아버지를 너무 닮아서 놀랐다고 했다. 난 우리 큰아들이 할아버지를 꼭 빼닮은 게 더 놀라울 따름인데 말이다. 태어나자마자 배 위로 올려줬을 때부터였다. 아기가 할아버지를 신기할 정도로 빼닮았다. 아버지, 나의 남편과 큰아들, 이렇게 삼대의 유전자는 신비로울 따름이다. 세 명의 가장 큰 장점은

'부지런함'이다. 이어진 기질은 그렇게 서로를 닮아가게 하는 마법의 힘을 지니고 있다. 아버지에게서 어떤 삶이 존경받는 삶이었는지를 되묻게 하는 질문이 떠올랐다. 그 답은 분명하다. '성실함'은 절대 변하지 않고, 반드시 다음 세대로 닮아 흐른다는 것이다. 그 증거가 아버지의 낡은 자전거였다.

2월의 마지막 외식

기다리고 기다리던 작은아들이 호주에서 잠깐 제주로 들어온 날이었다. 우리는 외국에서 공부하는 지수에게만 아버지의 병환 소식을 알리지 않았다. 너무 걱정할 것이고 멀리 있어 자주 찾아뵙지 못하는 안타까운 마음을 잘 알기에 참기로 했다. 애월에서 살던 깡마르고 조그맣던 작은 손주가 큰 공부를 위해 호주로 가서 늘 대견해하셨다. 뭘 잘 먹지도 않고 뼈만 앙상한 작은 손주였으니 말이다. 말은 안 하셨지만 온 마음을 다해 격려해 주셨다.

지금은 건강하게 키도 훌쩍 크고 말도 잘하는 멋진 손주로 커 주었다. 특히 영어를 특기로 성장한 걸 기특해하셨다. 밥을 안 먹어 걱정도 많았을 시부모님은 안 해 준 것 없이 다 해 먹였다. 그러니 이렇게 장성한 손주가 얼마나 아까웠을까. 시부모님은 손주들에 대한 사랑이 차고 넘쳤다. 해달라는 것, 먹고 싶다는 것, 갖고 싶은 장난감, 애써 다 말하지 않아도 전해지는 사랑은 충분했다.

무엇보다 아버지는 병환 중에도 건강하게 잘 버텨주셨다. 다행히도 가족 전체가 모여 식사를 할 수 있는 시간이 마련되었다. 지금 생각해 보니 그때만 해도 건강의 적신호는 전혀 없었다. 식사도 잘하셨고 외출도 거뜬히 나오니 의심의 여지가 없었을 것이다. 지나고 나서야 지수는 할아버지가 편찮은 티를 하나도 내보이지 않아서 전혀 예상 못 했다고 말했다. 안색도 풍채도 그대로였기 때문이다. 그 식사가 마지막 외식일 줄은 꿈에도 모른 채 큰절을 올리고 다시 호주로 유학길에 올랐다. 그런데 떠난 후 며칠이 안 되어 할아버지의 임종 소식을 듣게 되었다. 다행히 호주로 거쳐 가는 도중에 연락이 닿아 바로 되돌아올 수 있었다.

할아버지 가시는 길을 함께 보내 드려야 한다고. 지금은 그게 제일 중요하다고 한달음에 달려와 주었다. 식사도 즐겁게 하고 찾아뵙고 인사 나눌 때도 여전하던 할아버지였기에 지수에게는 크나큰 충격이었다. 왜 병환 소식을 알려 주지 않았냐고 따져 묻기도 했다. 자기만 모르고 있었다는 게 더 큰 아픔이었다. 언제까지나 건강할 줄만 알았던 할아버지였기에. 예상하지도 못했고 하루 만에 모든 작별 인사를 해야 했던 우리 역시 충격이었다. 그만큼 아버지라는 존재, 할아버지라는 크나큰 사랑의 이름은 별이 지는 것과도 같은 일이었다.

같이 사는 동안에 작은 손주는 밥 먹는 게 싫다고 많이 울었던 까칠한 아이였다. 복스럽게 뭐든 잘 먹는 큰아들에 비해 먹는 걸 싫어했던 아이. 그래서일까? 걱정도 많았을 터라 안쓰러움이 가득했을 것이다. 뱀 모양으로 생긴 젤리를 밥처럼 먹으면서 빨고 다녔다. 아무리 맛있는 음식을 해 주어도 싫다던 작은아들은 초등학교에 입학해서야 밥이라는 맛을 겨우 알게 되었다. 아니면 지금 추측해 보건대 키즈 정관장의 홍삼이 도움이 된 게 유력하다. 입학하기 전, 참살이라 가뜩이나 작고 마른 지수를 위해 키즈 홍삼을 예쁜 와인 잔에 담아 시선을 유혹해 보기도 했다. 호기심이 많아 와인 잔에 든 빨간색의 액체에 관심을 보였다. 얼마나 잘 먹던지, 놀라울 따름이었다. 무얼 더 달라는 적이 단 한 번도 없던 아이가 더 달라고 졸라댔다. 태어나 처음 하는 말처럼 신기할 정도로 귀를 의심하기도 했다. 그다음부터는 된장국을 사발째 들이마시는 수준이 되었다. 학교에서도 급식을 남기지 않고 다 먹었다고 했다. 얼마나 다행이었는지 모른다. 안심하고 입맛에 맞는 음식을 해주기 위한 노력을 아끼지 않았다. 아마도 그때부터 요리 실력은 날로 늘었을 정도로 맛난 밥해주기 프

로젝트에 돌입했다.

시댁에 와서 어느 순간 밥을 잘 먹는 모습에 가장 기뻐해 준 분도 시부모님이었다. 내가 안심했던 것과 똑같은 표정이 역력했다. 그때도 "밥 안 먹어요. 싫다고 싫어요."라고 말하며 달아나는 데도 큰소리 한 번 내지 않았다. 내가 시집와 살면서 들어보지 못한 것처럼, 우리 아이들도 할아버지에게 큰소리 한 번 듣지 않고 자랐다. 무슨 실수나 잘못하면 "에헤이!" 하는 정도의 표현이 고작이었다. 어머니와도 의논하는 말소리 정도였고 말다툼하는 큰 소리를 들어보지 못했다. 그러니 우리에게 비친 두 분의 모습은 여느 부부의 아옹다옹 다투는 것과 사뭇 달라 보였다.

그걸 남편도 그대로 닮아있다. 아이들을 키우면서 등짝 한 번, 손등 한 번 때려본 적이 없다. 그에 반해 엄하게 훈육하는 나에게 교육자가 맞냐는 질문을 많이 던졌다. 꽃으로도 때리지 말라는 가르침을 배웠음에도 말이다. 가정 교육이 중요하다는 건 부모를 보면 알 수 있다는 걸 몸소 보여준 격이다. 아버지는 먹는 게 제일로 중요하다는 걸 "밥 먹어."라는 한마디로 표현했다. 배곯지 말라고 볼 때마다 밥부터 먹으라고 했고 밥을 맛나게 먹는 모습을 가장 흐뭇해하셨다. 시집와서 가장 많이 들었던 말이기도 했다. 그래서인지 밥 먹을 때마다 아버지가 생각난다. 항상 해 주셨던 말이었는데 이젠 함께 식사할 수 없다는 게 믿어지지 않는다. 이게 한동안 눈물을 삼키는 듯한 식사가 되고 말았다.

우리가 살면서 밥을 먹는다는 의미는 아주 많은 걸 담고 있다. 그래서 '식구(食口)'라는 말이 있듯이, 한집에서 함께 살면서 끼니를 같이 한다는 건 중요한 일이다. 식사 때가 되면 옹기종기 모여 앉아 밥 먹는 모습을 좋아했다. 친척들이 찾아와도 식사부터 권하는 건 마찬가지였다. 그만큼 베풀기 좋아하는 호인이었고 다정했고 따뜻한 분이었다. 어머니가 요리를 잘해서 다들 맛나게 먹고 감사함을 전하며 사는 맛을 아셨다. 이것이야말로 지금의 우리 시댁의 문화가 되어 있다. 밥을 먹으며 나누는 것은 '밥상머리 교육'이라는 말에서도 전해지듯이 우리가 소중하게 여기는 가풍 중의 하나이다.

어머니는 한동안 백일 탈상 전까지는 아버지의 영혼과 함께 식사하셨다. 어느 곳에서건 꼭 빠뜨리지 않고 수저를 옆에 놓으셨다. 음식 위로 손을 뻗어 자시는 시늉도 해 보이셨다. 함께 하지 못한 어버이날에 만들어간 음식에도 아버지의 수저로 떠드시는 듯 마음을 다했다. 어머니의 방식으로 애도하며 서서히 몸으로 익혀 가고 있었다. 아버지의 부재는 식사뿐만 아니라 우리에게 불현듯 나타나서 마음 한편을 그리움

　할아버지가 남긴 새

으로 사무치게 할 것이다. 자식인 우리가 그러한데, 어머니
는 더할 거라는 걸 알기에 자주 찾아가려 한다. 남겨진 사람
의 마음도 떠난 이 못지않게 아픈 것이니까. 아니 오히려 남
은 사람이 떠난 이가 두고 간 몫까지 짊어지고 살아야 한다.

  친정아버지를 떠나보내고 우리 가족은 살아야만 하는 임
무를 수행하는 사람들처럼 악착같이 살았다. 아픔을 느낄 새
도 없이 바쁘고 쉴 새 없이 달려왔다. 친정아버지가 떠나던
날도 배가 고프다는 게 느껴지는 나 자신이 원망스러워 눈물
로 밥을 삼켰었다. 먹고 살아야 한다는 사실이 너무 고통스
러웠다. 곡기를 끊을 수는 없으니 어떻게든 남겨진 우리는
삶에 지극히도 충실하게 길들어 갔다. 먹고 사는 게 고통스
러운 일이 될 줄은 몰랐다.

  나는 또 한 번의 고통을 지나가는 과정에 있다. 가족들은
저마다의 애도의 방식으로 이 시간을 넘어갈 것이다. 내게는
글을 쓰며 애도하고 그리움과 행복한 기억을 되돌려 보고 있
다. 아버지와 함께한 2월의 마지막 외식은 우리 가족에겐 세
상의 남겨진 특별한 날이 되었다. 내가 글쓰기를 시작할 때,
마음먹었던 도움이 되는 글을 쓰겠다던 다짐이 이루어지고
있다. 우리는 삶과 죽음이라는 갈림길에 서 있다. 먼저 가는
것, 다음이 언제인지조차 알 수 없다. 그러니 최선을 다해 주

어진 삶에 당당하게, 두려움이나 망설임 없이 살아 나가야
한다. 받은 사랑을 안고 다시 살아가는 용기를 가져야 한다.
오늘의 삶을 미루지 말고 함께 먹고 말하고 안아주며 사랑하
는 일에 온 힘을 쏟아야 한다. 그러기 위해 나의 글은 오늘도
계속되고 있다. 아버지와의 마지막 외식을 기억하며.

　할아버지가 남긴 새

2장

느티나무 그늘 아래의 시간

"밥 먹어"

가난과 전쟁, 그리고 4·3을 겪은 아버지에게 '밥'은 생존 그 자체였다. 쌀이 귀해 보리 개역이나 고구마, 감자를 먹으며 자랐던 시절이었다. 그마저도 풍족하게 먹지 못했다고 했다. 보리쌀도 넉넉하지 않아 아끼며 먹을 수밖에 없었다고. 그래서 먹는 것에 평생 의미를 두셨다. 농사를 지으며 살아온 시부모님께 한 끼의 식사는 단순한 끼니가 아니었다. 하루를 견디고 무사히 살아낸 사람만이 누릴 수 있는 작은 보상이었다. 서로를 지켜냈다는 조용한 확인이자 기쁨이었다.

"밥 먹어."

아버지는 늘 그렇게 말씀하셨다. 지금도 귓가에 맴도는 소리. 아버지를 처음 뵈었을 때부터 가장 많이 들어온 말이었다. 밭일로 지쳐 돌아온 저녁마다, 손에 굳은살이 박이도록 일한 날마다 빠지지 않고 건네던 한 마디였다. 그 말은 세상에서 가장 따뜻한 인사였다. 그 속에는 '오늘도 무사히 돌아와 줘서 고맙다.'라는 안도의 마음이 담겨 있다. '배부르게 먹고 다시 힘을 내라.'는 다정한 응원이었고, '나는 괜찮으니 너희는 꼭 챙겨 먹어라.'라는 가슴 뭉클한 희생이 숨어 있었다.

그 한마디, "밥 먹어."라는 말은 아버지의 깊은 사랑의 다른 표현이었다. 말 없는 사랑을 숟가락 위에, 밥 한 그릇 위에 꾹꾹 눌러 담아 건네던 아버지. 그 시절 밥상은 든든한 울타리이자, 가장 조용하고 깊은 사랑의 표현이었다. 아버지는 자식들이 배부르게 먹는 모습만으로도 행복감을 느꼈을 테고 의무감을 완수하셨을 것이다. 감히 헤아릴 수 없는 사랑의 깊이를 이제야 떠올려 본다. 함께 나눈 밥 한 끼는 그 어떤 만찬보다 값졌고, 몸과 마음을 살리는 보약이었다. 그 말 한마디 속에 아버지의 삶, 전부가 녹아 들어 있었다. 우리는 너무 늦게서야 알았다. 따뜻한 밥으로 보여준 사랑을 어찌 잊을 수 있을까.

그래서인지 어머니의 음식 솜씨는 아주 훌륭했다. 맛있다는 말이 절로 나오는 식사를 끼니마다 맞이할 수 있는 건 축복이다. 밭에서 나온 푸성귀로만 지어준 밥상이건만 맛이 좋다는 건 정성과 사랑이 담겨 있기 때문이다. 우리 아이들 역시 시골에서 자란 덕에 '시골 입맛'이라 불릴 만큼 할머니 밥을 유난히 좋아한다. 정갈하게 차려낸 음식이 꿀맛이라고 한다.

  할아버지가 남긴 새

시집을 와서 처음 접한 음식들도 많았다. 신혼 초, 눈이 펑펑 내리던 겨울 아침이었다. 어머니는 이른 시간부터 우리를 안채로 부르셨다. 부엌에는 모락모락 김이 올라오고 있었다. 솥뚜껑을 여는 순간 뽀얀 국물이 내비쳤다. 얼마나 하얗던지 마치 우유를 부어놓은 듯했다. 어머니는 흐뭇해하시며 "곰탕이여. 아침 조반 먹게이."라는 말에, 나는 순진한 질문을 던지고 말았다. 거기다 대고 답례라도 하듯이 "이 추운 겨울에 어디서 곰을 잡아 오셨어요?"라고 묻자, 어머니는 그 자리에서 쓰러질 정도로 배를 붙잡고 웃음을 터뜨리셨다. 너무 웃으셔서 눈물까지 흘리고 있었다. 나는 곧 홍당무가 되고 말았다.

곰탕과 사골국을 다르게 생각하던, 새내기 며느리의 무식한 질문이었다. 그날의 일화는 이후로도 시댁의 단골 웃음거리가 되었고, 가끔 나를 놀리려는 남편의 입을 틀어막아야 하는 신세가 되고 말았다. 그런 내게 시부모님은 제주의 토종 음식부터 귀한 음식까지 맛보게 해주셨다. 시댁에서 같이 살았기에 가능한 일이었다. 일을 마치고 집으로 들어서면 아버지는 늘 가장 먼저 "밥 먹어."라는 말을 건네셨다. 귀에 못이 박힐 만큼 반복된 말이었지만, 그 의미를 너무도 잘 알기에 가슴 깊이 남아 있다.

부모에게 자식이 밥을 먹는 모습은 생명만큼 소중하다. 아버지는 나갔다 돌아올 때마다, 마치 첫인사처럼 그 말을 들려주셨다. 셀 수 없이 많은 밥그릇만큼, 우리는 그렇게 사랑받으며 살았다. 채 다 돌려드리기도 전에 떠나가셨지만, 이 글을 쓰는 이유처럼 기일마다 정성을 다해 보답해 드리고 싶은 마음이 간절하다.

어린 시절 대구에서 자란 나에게 제주의 음식은 낯설기만 했다. 음식의 재료에서부터 맛을 내는 방식도 사뭇 달랐다. 제주의 외가에 내려왔던 어느 날, 외할머니는 대구에서 온 사위를 위해 진수성찬을 차리셨다. 어린 나의 눈에 비친 호박이 둥둥 떠 있는 갈칫국부터 정체 모를 해산물 음식들이 낯설고 비릿하게 느껴졌다. 결국 배가 아프다는 핑계로 화장실에 숨어버렸다. 뒤늦게 나를 찾으러 온 엄마는 외할머니의 정성이 가득 담긴 음식이라고 달래 보았다. 밥을 먹으러 가지 않겠다고 떼를 쓰자, 외할머니는 다시 생선을 구워 내놓으셨다.

지나고 나니, 그 귀하고 맛있는 갈칫국은 제주의 대표 전통 음식이었다. 어른이 되어서야 얼마나 맛있는지 알게 되었다. 시원하고 깊은 맛이 감탄을 자아낸다. 특히나 외할머니가 가장 자신 있게 만드는 요리였다고 했다. 지금은 흔히 맛

볼 수도 없는 귀한 음식이라는 걸 그때는 상상도 해보지 못했다. 마치 외할머니가 살아 돌아온 듯 시어머니는 기가 막히게 갈칫국을 끓여 주셨다. 얼마나 맛나게 만드시는지 비법이 궁금해지기도 한다. 그 덕분에 나 역시 어깨너머로 배웠고, 이제는 제법 자신 있게 만드는 음식이 되었다.

시댁에서는 아귀찜도 집에서 직접 해 먹었다. 어머니가 좋아하는 음식이기도 했고, 아버지는 콩나물 머리를 떼는 일부터 손이 많이 가는 일을 묵묵히 다 거들어 주셨다. 참으로 자상한 모습이었다. 그러니 요리해 본 사람은 안다. 옆에서 자질구레한 일을 도와주기만 해도 요리가 한결 쉬워지고 편하게 만들 수 있다는 것을. 주방에 보조 요리사가 있다면 얼마나 좋을까 하는 생각을 매번 했었다. 가까이서 지켜본 아버지는 그 역할을 평생 마다하지 않고 계속해 왔다. 어머니에 대한 사랑이 지고지순하다 못해 '세기의 사랑꾼'이라는 말이 과하지 않았다.

부엌에서 늘 함께 손을 맞추고, 뒤처리와 정리까지 말끔히 다 해주셨다. 그 모습을 보고 자란 남편도 당연히 그러겠지 하는 생각은 완전한 착각이었다. 아버지를 따라갈 이는 아무도 존재하지 않았다. 긴 세월, 안팎으로 가족을 책임졌던 아버지의 모습은 며느리인 내 눈에도 깊이 남았다. 그게 며느

리인 우리 눈에는 보기 좋다 못해 어찌 아들들에게는 대물림
이 안 되었는지 궁금할 따름이었다. 부부란 진정 그러해야
한다는 것을 말없이 보여주신 분이었다. 내가 가장 보기 좋
아했고 부러워했던 일면이기도 했다.

　분가 후에도 시댁에 가면 아버지는 늘 어머니 곁에 계셨
다. 그래서인지 어머니가 혼자 계신 모습은 아직도 낯설다.
다행히 어머니는 충분히 사랑받았기에, 상실을 견뎌내는 힘
도 컸다. 애도의 깊이는 사람마다 다르다. 그 깊이를 가늠할
수는 없지만, 각자의 방식으로 슬픔을 건너가야 한다. 나에
게는 이 글이 애도의 한 방식이다. 상실을 받아들이고 슬픔
을 충분히 경험하는 것. 글로 쓰든, 추억을 나누든, 억누르지
않고 감정을 표현하는 것. 그것이 우리에게 꼭 필요한 과정
이라 믿는다. 지금은 모두 제자리에서 각자의 몫을 살아 나
가고 있다. 그렇게 우리는 세상에 적응하고 삶을 통합해 나
간다. 그 과정에 나의 애도 에세이가 위안이 되고 감정을 잘
정리해 보는 장이 되었으면 한다. 나 역시 존경했던 아버지
와의 애도의 시간을 충분히, 넉넉하게 가지며 치유되어 가고
있다.

　"밥 먹어."

　부모의 사랑은 그렇게 이어진다. 그 사랑의 깊이를 헤아리

는 나이로 늙어가는 것이 인생이다. 그러니 아버지는 우리에게 뜻깊은 가르침을 전해주고 가셨다. 받은 사랑을 다시 전해주어야 하는 내리사랑을. 그것을 다음 세대에게 전해주는 게 삶의 지혜이자 축복이다. 상실과 애도의 시간을 충분히 경험하고, 그 속에서 감사와 사랑을 배워가는 성숙한 삶을 살아야 한다. 아버지의 밥은 세상에 지치지 말고 하루를 건너가라는 한 그릇의 기도였다. 삶은 결국 사랑을 주고받으며 이어지는 긴 연속선임을 기억해야 한다. 오늘도 내일도 누군가에게 "밥 먹어."라고 말하며 마음을 전하는 삶을 살고 싶다. 그 말은 지금도 느티나무 아래서 메아리가 되어 돌아온다.

미소가 전부인 세상

아버지, 남편, 그리고 큰아들.

세 사람을 보고 있노라면 유전자의 힘이란 참으로 묘하다는 생각이 든다. 외모뿐만 아니라 감정을 다루는 방식과 삶의 태도까지 놀랄 만큼 닮아있다. 기쁘다고 지나치게 들뜨지도 않고, 슬프다고 무너져 내리지도 않는다. 늘 비슷한 온도의 얼굴, 절제된 감정, 그리고 말 대신 호탕하게 웃기보다는 조용히 입꼬리를 올려 상대를 편안하게 만드는 힘. 나는 그 미소 앞에서 늘 한 박자 느려졌다. 말보다 먼저 마음이 닿는 표정이 있다는 것을, 시아버지를 통해 처음 배웠다.

결혼 후 시댁에서 함께 살던 시간 동안, 내가 가장 큰 안도감을 느꼈던 순간은 아버지의 미소를 마주할 때였다. 그 미소 너머로 유머 섞인 농담을 하시고는 멋쩍어하는 모습이 가장 기억에 남았다. 밭일을 마치고 오시면 고단함을 잊고 막내며느리의 인사에 밝게 화답해 주셨던 유일한 아버지! 종갓

  할아버지가 남긴 새

집의 시집살이를 하고 있을 때도 든든한 버팀목이 되어 주셨다. 부족한 점도 많고 차례를 몰라 헤맬 때도 아무 말씀 없이 묵묵히 지켜보셨다. 하루의 피로를 내색하기보다는, 그저 웃으며 "왔나." 하고 고개를 끄덕이셨다. 그 미소는 말 없는 위로였고 든든한 울타리였다. 아버지는 흔들림 없이 가장의 자리를 지켜온 크나큰 느티나무였다. 그 아래에서 우리는 재잘대는 어린 참새처럼 안심하고 떠들 수 있었다.

애월이라는 마을, 그 깊숙한 골목 안에 우리의 신혼집이자 시댁이 있었다. 그 집에서 오갔던 수많은 이야기와 웃음은 이제 아련한 기억 저편으로 물러나 있다. 하지만 찡한 추억은 사라지지 않는다. 오히려 살아갈 힘이 되어 우리를 지금까지 데려다주었다. 추억은 삶의 영양제라는 말이 있다면 그 시절은 분명 그런 시간이었다. 시댁에 사는 동안, 부모님에게서 몸으로 배운 것이 많았다. 지극한 효심, 부지런함, 그리고 남을 위해 선의를 베푸는 태도. 내게도 미소 짓게 했던 날들이었다. 특히 어머니는 바로 앞 골목에 사시는 시할머니를 살뜰히 챙기셨다. 아무리 힘든 날에도 식사를 꼭 챙겨드렸고, 새벽이면 어김없이 밭으로 나가셨다. 먹을 게 생기면, 나누는 일이 먼저였다. 우리는 부모님의 뒷모습을 보며 세상에서 가장 아름다운 미소를 짓곤 했다. 마치 유전처럼 그 미소는 자연스럽게 집안에 스며들어 있었다.

　누군가를 위해 자신을 희생하는 일은 결코 쉬운 일이 아니다. 그러나 부모님은 그 어려운 일을 평생 당연하게 해오신 분들이었다. 자기 몫만 해도 될 일을, 한 번 더 거들어야 마음이 편해지는 분들이었다. 가족을 위해서, 남을 위해 수고스럽고 피곤한 일을 마다하지 않는 것이 몸에 배었다. 대충 우리 할 일만 해도 될 일이 있어도 더 도와야 직성이 풀렸다. 그래서 동네 어른들은 늘 이렇게 말씀하셨다. "아버지는 법 없이도 살 분이야. 호인이라 다들 존경하지." 그 말은 함께 살아온 우리가 증인이 되어도 부족함이 없었다.

　그런 점에서 나는 참으로 큰 복을 받은 며느리였다. 물론 어머니의 사랑도 있었지만, 무엇보다 나를 버티게 해 준 건 아버지의 넉넉한 미소였다. 그 미소 덕분에 힘든 시간도 견뎌낼 수 있었다. 남편 역시 그 미소를 고스란히 물려받았다. 말수가 적어도 표정 하나로 마음을 전하는 사람. 언젠가 우리 집에 들어올 며느리들 또한 이 푸근한 미소의 온기를 느끼게 되길 조심스레 바라본다. 때론 말이 필요 없는 순간이 있다. 그저 표정과 눈빛만으로도 서로의 마음을 알아차리는 힘. 그것은 큰소리보다 더 큰 권위가 되고, 명령보다 더 깊은 신뢰가 된다. 아버지는 그런 분이었다.

특별히 무엇을 요구하지 않아도 가족들은 자연스럽게 아버지의 마음을 읽어냈다. 어머니는 특별히 그러했다. 아버지가 말씀을 꺼내기도 전에 필요한 걸 먼저 챙기셨다. 그 세심함은 하루아침에 만들어진 게 아니었다. 오랜 세월 함께 살아오며 쌓인 사랑의 언어였다. 얼마나 서로를 헤아리고 이해해야 가능할 일인지, 아직 새내기인 나는 몰랐다. 지나고 보면 뒤늦게 깨닫게 되는 일이 있다. 미리 알아서 챙기는 어머니의 세심함과 정성은 노부부의 오랜 사랑의 증표였다.

어느 날은 밤이 깊어 갈 무렵, 급한 일로 안채에 건너갔다가 나는 잊지 못할 장면을 보았다. 인기척을 알리고 방문을 여니, 어둠 속에서 아버지는 꼿꼿한 자세로 앉아서 누워 계신 어머니의 팔과 다리를 주물러 드리고 있었다. 아버지는 밭일로 고단하고 지친 모습이 역력했다. 그러나 아무 미동도 없이 계속해서 주물러 드리는 모습은 강인함 뒤에 숨겨진 다정함이 엿보였다. 보통은 아버지가 누워 계시면 어머니가 주물러 드릴 거라 막연히 생각해 왔던 터라, 그 장면은 더 크게 다가왔다. 그날의 아버지를 평생 잊을 수가 없다.

이만큼 잘살게 된 건 모두 어머니의 공으로 돌리셨다. 아버지의 병환을 빠르게 회복시켜 일으켜 세운 장본인이시다. 그러니 정성과 사랑을 되갚아 드리고 있었다. 그 모습을 보는 동네 사람들은 "등에 업고 다녀도 모자란 부인이다."라는 말을 자주 하셨다고 한다.

그런데 웃음이 나는 건 우리 부부의 모습과는 정반대였기 때문이다. 피곤해하는 남편이, 안쓰럽다 못해 가여울 지경이라 주물러주는 일이란 나의 업처럼 살고 있다. 그러니 아버지와 아들이 이렇게 다르다는 걸 새삼 느끼곤 한다. 그날 이후로 나는 알게 되었다. 부부가 서로의 마음과 몸을 헤아려주는 일이 얼마나 깊고 단단한 사랑인지를. 그렇게 늙어간다는 건 잘살고 있다는 증거라는 것을. 잉꼬부부의 비결이란 거창한 게 아니었다. 진심을 담아 위해주는 것이 부부가 지녀야 할 마음가짐이다. 알고만 있는 것이 아니라 행동으로 옮기는 것. 특히나 가부장적인 분위기가 짙은 종갓집에서 아버지가 어머니를 위해 지극정성을 다하셨다는 사실은 더 큰 울림으로 남았다.

아버지는 무거운 짐, 힘든 일을 늘 도맡아 하셨다. 억척스러운 어머니의 삶 뒤에는, 언제나 묵묵히 받쳐주는 아버지가 있었다. 그러니 험한 밭일을 그토록 오래 해 오실 수 있었을 것이다. 힘든 시간을 함께 넘기고 나면 부부의 애정은 더 깊어진다는 사실을 우리는 곁에서 보고 배웠다. 기쁨을 나누는 일보다 아픔을 슬기롭게 건너는 지혜가 삶을 지탱해 준다는

   할아버지가 남긴 새

것도. 그래서인지 남편과 나는 어려움 앞에서 서로를 탓하기보다 힘을 실어준다. "함께라면 잘 이겨낼 수 있다."는 믿음으로 묵묵히 손을 잡는다. 그리고 지나간 뒤에는 꼭 이 말을 나눈다. "많이 애썼다. 고생했다. 잘 이겨 내줘서 고맙다." 그 말을 건네는 순간, 붉어지는 눈시울 속에서 우리는 또 한 번 사랑을 느낀다.

그렇다. 부부에게, 가족에게 가장 필요한 건 사랑이다. 잘했을 때도, 잘못했을 때도 "네 마음을 안다."라고 인정해 주는 사랑 덕분에 살아갈 힘을 얻는다. 사랑은 말을 대신해 마음을 건네는 가장 오래된 언어다. 사랑은 가르치지 않아도 얼굴과 태도로 대물림된다. 아버지에게서 남편에게, 남편에게서 아들에게로 이어지는 그 마법 같은 미소를 떠올려 본다. 미소가 전부인 세상은 사람을 살게 한다는 것을. 먼 훗날 아버지의 나이가 된 남편의 모습을 그려보며, 나는 조용히 말해보고 싶다.

미소가 전부였던 세상은 참으로 따뜻했다고.

내리사랑의 방정식

부모가 자식에게 전해주는 사랑을 '내리사랑'이라 부른다. 그 말이 이렇게 정확할 수 있을까 싶을 만큼, 아버지는 자식과 손주를 향한 사랑을 온몸으로 보여주신 분이었다. 어머니의 말씀을 들어 보면, 아버지는 아들들을 키우면서 살갑게 놀아주거나 자전거를 태워 줄 여유가 없으셨다고 한다. 그 시절엔 먹고 사는 일이 무엇보다 우선이었고, 감정을 표현하는 일은 사치에 가까웠다. 시부모님 역시 사랑을 드러내지 못하고 살았다는 사실을 훗날에야 지각하셨다. 그래서인지 어머니는 웃으며 말씀하신다. "아버지 아들들은 사고도 사건도 참 많았다."라고. 어린 시절의 일화를 들려주셨다.

남편도 곱상하게 생긴 모습과는 달리 바람 잘 날이 없었다. 달리는 자동차 바퀴 밑에 들어가서 사고를 당한 적이 있었다. 큰 풍낭에 올라갔다가 떨어져서 다치는 것은 일쑤였다. 그 외에도 자전거를 타다가 넘어지고, 친구들과 놀다 상처를 달고 오는 날이 허다했다. 아버지의 큰아들도 마찬가지였다. 바람 잘 날 없는 과거의 시간을 흘러왔다. 말로 다 할 수 없는 사건과 사고의 연속이었다고 한다. 그에 비해 우리 아들들은 큰 일 없이 얌전하게 놀았다. 조용하게 레고를 만들고 클레이를 조물조물 만지며 노는 순한 아이들이었다. 그래서인지 아버지는 한집에 사는 손주들을 유난히도 아끼셨다. 아이들을 바라보는 눈빛에는 설명이 필요 없는 사랑이 담겨 있었고, 얼굴에는 언제나 환한 미소가 걸려 있었다.

애월은 우리 아이들에게도 다시 가서 살고 싶어 하는 동심의 장소이다. 어린 시절을 오롯이 여기서 보내며 몸으로 기억하고 있기 때문이다. 아이들은 지금도 말한다. "흙냄새가 정말 좋다." 그 말속에는 할아버지, 할머니와 함께 한 시간이 고스란히 배어있다. 넓은 마당에서 맨발로 꽃밭을 누비던 작은 발자국들. 그 곁에서 꽃을 심고 텃밭에서 딴 고추와 상추, 호박과 가지를 먹던 나날들. 사계절을 온몸으로 느끼며 자란 아이들은 시골의 정서와 고향의 냄새를 가장 따뜻한 기억으로 품고 있다.

그 시절의 정서는 아이들이 지금의 선하고 올바른 청년으로 자라게 한 밑거름이 되었다. 여기에 더해진 조부모님의 사랑은 세상에서 가장 값비싼 영양제였다. 되돌아보면 애월이라는 동네에서 무엇이 그리 좋았을까 싶을 만큼 나는 며느리로서 버거운 시간도 많았다. 하지만 아이들은 바다로, 밭으로 뛰어다니며 자연 속에서 무궁무진한 아름다움을 발견하고 있었다. 부모의 수고로움 위에서 아이들은 더 건강하게 자란다는 말을 그때 비로소 이해했다. 그래서 아무것도 하지 않는 것보다는 아이들을 많이 데리고 다니려 애썼다. 어린이집에서건 초등학교에서든 체험학습을 가면 "여긴 벌써 몇 번 와봤어." 하며 친구들에게 자랑을 늘어놓곤 했다.

아이들을 키우면서 잘한 일 중의 하나였다. 그 경험치가 쌓여 아이들은 정서가 풍부한 아이로 잘 자라주었다. 힘은 들었지만, 부지런히 데리고 다니며 다양한 경험을 해왔다. 곤충을 좋아하던 시기에는 나비박물관을 수없이 들락거렸고, 오죽하면 나비박물관을 통째로 사고 싶다는 생각까지 들 정도였다. 동물을 유난히 좋아했던 아이들을 위해 동서남북 동물이 있는 곳은 어디든 찾아갔다. 그 와중에 도서관, 미술관, 박물관 체험도 빠지지 않았다. 누군가는 극성스러운 엄마라고 했을지 모르지만, 나는 아이들에게 신비로움으로 가득 찬 세상을 보여주고 싶었다.

한 가지 아쉬움이 있다면, 그 모든 길에 시부모님과 함께 가지 못했다는 점이다. 시부모님에겐 밭일이 늘 최우선이었고, 어디 나들이 다니는 게 사치처럼 여겨졌을지 모른다. 시간이 이렇게 빠르게 흐를 줄 알았더라면 조금 더 추억을 만들었어야 했다. 왜 후회는 뒤늦게야 찾아오는지 안타까울 따름이다. 애월을 떠나 제주시로 이사 나간 후에도 자주 찾아뵀었지만, 어딘가로 나들이를 같이 갈 생각을 해보지 못했다. 적극적으로 나서서 여기저기 다니자고 했다면 부모님들도 기꺼이 따라나섰을 텐데. 자식들을 배려하신 건지 삶이 고단하셨던 건지는 알 길이 없다. 다만 자식과 손주를 먼저 생각한 마음이었으리라 믿고 싶어질 뿐이다.

사람들은 나이가 들면 아이가 된다고 말한다. 하지만 부모님은 끝까지 자리를 지키며 우리를 품어 주셨다. 그 넓디넓은 그늘에서 우리는 안심하고 살아왔다. 여름날 나무 그늘이 얼마나 고마운 존재인지를 알지도 못한 채. 넓은 품 안에서 아이들도 무럭무럭 잘 자랐다. 손주들을 위해 불편한 것이 보이면 바로바로 고쳐 주셨다. 아이들이 행여나 위험할까 봐 모서리 난 부분은 감싸주셨다. 튀어나온 돌부리에 걸릴 것 같으면 바로 뽑아 주셨다. 여름 물놀이와 겨울 눈싸움을 위해 수고로움을 견디셨던 할아버지의 사랑은 말이 아니라 행동이었다.

아이들이 건강하게 자란 것은 조부모님의 사랑이 컸기 때문이다. 이렇게 자란 아이들이 조부모님의 사랑에 보답하는 시간은 충분하지 않았다. 재롱을 부리며 웃게 해주던 시절이 빠르게 지나갔다. 생신과 어버이날마다 맛난 음식을 함께 만들어 먹으며 웃던 날들은 이제 추억으로 남아 버렸다. 그 평범하기 짝이 없는 날들이 얼마나 소중했는지, 지나고 나서야 비로소 깨닫게 되었다. "아버지는 자식들이랑 손주들이랑 예쁜 카페 가는 걸 참 좋아하셨어."라는 말은 오래도록 가슴에 가시처럼 박혀있다.

그리고 찾아온 어머니의 첫 생신.

생신이 같은 날이라 아버지 임종 후에 맞이한 첫 어머니의 생신은 가족들 모두 다 찾아뵈었다. 새벽에 도착한 시댁 캄캄한 거실에 우두커니 앉아 계신 어머니를 가장 먼저 마주한 건 우리 내외였다. 아버지가 생전에 좋아하시던 생선국을 끓이고 흰쌀밥으로 정성껏 상에 올리신 후였다. 새벽 4시에 일어나셨다고 했다. 피곤함과 쓸쓸함이 묻어나는 어머니의 얼굴 너머로 아버지에 대한 그리움이 살짝 드리워졌다. 우리는 미리 재워둔 불갈비와 옥돔을 굽고 반찬을 만들어 생신 아침 상을 차렸다. 함께 둘러앉아 먹는 식사가 어머니의 외로움을 조금이라도 덜어드리길 바랐다.

식사를 마치고 차를 마시던 중, 어머니는 조용히 말씀하셨다. "느네가 오지 안 해시민, 밥에 국만 놓고 한 수저 뜨는 둥 마는 둥 해실 거여게…." 말끝을 흐리셨지만, 그 말은 '와줘서 고맙다. 아침을 맛나게 함께 먹어서 너무 좋다'는 가장 어머니다운 표현이었다. 살면서 알게 된 어머니의 감정 표현은 늘 단조로웠다. 하지만 이제는 알게 되었다. 그 말속에 얼마나 많은 의미를 담고 있는지 헤아릴 수 있게 되었다. 감정 표현에 인색하다 싶을 정도로 내색하지 않는 분이다. 그 또한 어머니의 삶이 어떠했으리라는 걸 알게 해 주었다. 자식들이 멀리 떠나있어도 한결같이 기다리는 부모의 마음! 홀로 남겨진 어머니를 바라보며 코끝이 시큰해졌다. 우리 아이들 역시 서울로, 호주로 떠나있어 집으로 돌아오는 날을 기다리는 내 마음과 다르지 않다는 걸 알기 때문이다. 가족이란 함께 모여 웃고 울고 떠들며 하루를 살아내는 것임을. 그렇게 들썩이는 게 행복 아닌가 하는 아침의 단상을 떠올렸다.

바통 터치하듯, 그 뒤로 언니들이 이어서 다녀갔다. 시부모님은 참으로 복 받은 분들이다. 마음을 헤아리는 딸들을 두셨으니 말이다. 이보다 부모를 기쁘게 하는 일은 없다. 마치 가려운 데를 시원하게 긁어줄 때의 쾌감을 주는 것. 내가 본 언니들은 시부모님에겐 효도란 어떤 것인지를 보여주는 본보기다. 케이크로 파티를 열고 멋진 카페에도 모시고 갔다. 어머니의 환한 함박웃음을 비로소 볼 수 있었다. 그리고 멀리 있는 손주들과 가족들의 축하 전화에 흐린 듯 밝은 웃음을 지으셨다.

우리가 받았던 돌봄과 기다림은 언젠가 누군가를 향한 손짓이 된다. 부모가 우리에게 그랬듯 이제는 우리가 먼저 다가갈 차례다. 나이가 들수록 부모님을 혼자 남겨 두지 않는 일, 외롭거나 쓸쓸하지 않게 말벗이 되어 드리는 일, 좋아하는 곳에 함께 모시고 가는 일이 내리사랑에 보답하는 길이라는 걸 깨달았다. 먼저 손을 내밀고, 좋아하는 게 뭔지를 살피고 기꺼이 동행하는 것. 우리 아이들도 이렇게 해 줄 때 눈물 나게 고맙고 행복했다는 사실을 잊지 않으려 한다. 그렇게 사랑은 사람에게서 사람으로 조용히 이어진다. 세대가 달라도 시, 공간을 건너도 부모의 마음은 늘 같다. 우리가 받은 사랑을 다음 세대에게 고스란히 전해주는 것. 그것이 삶이 이어지는 방식이며, 내리사랑이 멈추지 않는 이유일 것이다. 사랑의 보존 법칙이 공존하는 게 인생이라고 말하고 싶다.

여름밤 모기향

고향의 냄새는 몸 깊숙이 스며들어 있다. 잊으려 해도 잊을 수 없는 그리움의 근원이자 문득문득 찾아오는 향수병의 원천이다. 고향을 떠올리면 우리는 자연스레 아련하고 희미한 기억 속으로 걸어 들어가게 된다. 살아오며 한 번도 제대로 물어본 적이 없었다. 아버지의 고향이 원래 애월이었는지, 아니면 다른 마을에서 태어나서 애월에 정착하게 된 것인지. 당연히 애월이 고향일 거라 여기며 살아왔다. 아버지에게도 분명 어린 시절의 고향 풍경과 냄새가 있었을 텐데, 이제는 묻고 싶어도 들을 수도 없는 질문만 마음속에 남아 버렸다.

나는 어린 시절을 대구에서 보냈다. 대도시의 번잡함 속에 육교를 건너다녔던 기억, 제주인 외가를 오려면 배를 타고 멀미를 견뎌야 하는 오랜 시간 끝에 도착하곤 했었다. 풍습과 문화가 사뭇 다른 나의 외가는 올 때마다 나를 이방인처

럼 느끼게 했다. 낯설고 이상하게 생긴 처음 보는 음식과 알
아들을 수 없는 사투리는 어린 내겐 문화 충격이었다. 밥을
먹기 싫어 숨기도 했다. 비릿한 생선 냄새, 흐물거리는 음식
에서 나는 제주의 비린내를 맡기가 싫었다. 겨우 예닐곱 살
인 꼬마였으니 그럴 만도 했다. 언어도 정서도 달라서 다시
대구로 가는 날만을 손꼽아 기다렸다.

그러던 내가 제주로 이사를 오게 될 줄은 상상도 하지 못했
다. 초등학교 입학을 앞두고, 우리는 대구를 떠나 제주 금성
마을로 내려왔다. 그날부터 어린 꼬마의 시련은 시작되었다.
조그만 바닷가 마을 외가가 있는 곳이었다. 시골이라도 한적
한 곳에서 바다를 벗 삼아 자라게 되었다. 유일하게 마음에
든 건 바다에서 수영하며 보낼 수 있는 시간뿐이었다. 해가
지도록 수영하고 어두워져야 집으로 놀아오곤 했있다. 돌담
으로 둘러싸인 빨래터에서는 단수가 흘러나왔고 그곳에서 샤
워도 하고 빨래도 했다. 제주 사람들은 이렇게 빨래터에 모여
앉아 두런두런 이야기를 나누며 정을 쌓아갔다. 그렇게 나는
서서히 괸당 문화를 배워갔다. 이웃사촌끼리 음식을 나눠 먹
고 서로 궂은 일을 도와가며 사는 정이 많은 문화였다. 동네
가 작다 보니 가족처럼 서로 다 알고 지냈다. 시간이 지나자
낯설던 풍경은 조금씩 익숙한 삶의 일부가 되었다.

읍내에서도 작은 바닷가 마을. 남편도 비슷한 어린 시절을 보냈을까 문득 궁금했다. 동갑내기인 우리는 이웃한 마을에서 서로의 만남은 생각지도 못한 채 순진무구한 어린 시절을 보냈다. 그렇게 시간이 흘러 지금은 애월이 아버지의 고향이자 남편의 고향, 그리고 아이들까지 이어지는 고향으로 자리매김하게 되었다. 처음 애월로 시집을 와서도 낯설기는 마찬가지였다. 또 다른 가족 문화, 또 다른 언어와 정서 속에서 신혼이 시작되었다. 처음 제주로 와서 겪었던 어린 시절의 이방인을 다시 느껴야 했다.

시댁의 음식부터 방언, 사람들 사이의 관계에 익숙해지는 데 많은 시간이 필요했다. 받아들이고 적응해 나가는 일이 그리 쉽지만은 않았다. 어머니의 제주 방언은 거의 알아들을 수 없어 당황스러웠다. 다행히 음식 솜씨가 좋은 어머니의 요리는 서서히 제주 음식을 좋아하게 해주었다. 시댁 식구들은 또 어찌나 많은지 사람들의 촌수와 얼굴을 익히는 데도 한참 걸렸다. 괸당 문화로 대부분이 삼촌이라 불리는 분들도 많았다. 알고 보면 뚜렷한 혈연관계에 놓여 있지 않아도 가족 이상으로 가깝게 지냈다. 종갓집 이상의 대가족 속에서 살아남기란 여간 힘든 일이 아니었다. 새삼 더 어린 나이에 시집와서 종부의 삶을 살아온 어머니가 존경스럽다 못해 위대해 보였다. 여자로서, 해녀로, 밭일까지 업으로 삼으며, 얼마나 지난한 세월을 견뎌왔는지 가늠할 수가 없다.

그런데도 애월은 어느새 나에게도 제2의 고향이라 불릴 정도로 정겨운 곳이 되었다. 남편과 부부의 연으로 이어진 땅. 우리를 이어준 곳이자 시부모님의 삶이 깃든 곳이기도 하다. 아이들을 낳고 가장 기다려지는 계절이 있었다. 여름을 좋아하는 탓도 있지만 여름이면 잊을 수 없는 추억이 서려 있다. 마당에서 넓은 통에 찬물을 받아놓고 물놀이하던 아이들, 호스로 물을 뿌려 주면 신나서 웃음이 끊이질 않았다. 한참을 놀다 입술이 파래져서야 들어왔다. 씻고 나면 할머니가 내어주신 빨간 속살의 수박을 먹으며 아이들은 콧노래를 흥얼거렸다. 손주를 바라보는 시부모님의 눈빛에는 말이 필요 없는 사랑이 가득했다.

저녁을 먹고 나면 아이들이 가장 기다리는 시간이 찾아왔다. 마당 평상 위에서 나란히 누워 여름 밤하늘을 바라보는 시간. 별을 세다 서로의 얼굴을 바라보며 소소한 이야기를 나누던 그 순간들은 아이들에게 '행복'이라는 단어로 저장되었을 것이다. 우리 아이들이 가장 좋아했던 시간이자 추억이라 이름 붙일 수 있는 시골의 풍경이었다.

그 곁에는 손주들이 모기에 물릴까 봐, 여기저기 피워놓은 모기향이 퍼져 나갔다. 지금도 그 여름밤의 모기향 냄새가 코끝에 생생하다. 할머니와 엄마, 두 아들들이 누워서 바라보는 별빛 가득한 하늘, 목이 마르면 다시 시원한 수박으로 갈증을 달랬다. 어둑한 밤을 배경 삼아 아이들의 재잘거림과 할머니의 고단한 숨소리. 할아버지의 묵직한 존재감만으로도 든든했다. 벌레며 아이들이 겁을 내는 곤충도 단번에 잡아주시던 할아버지는 무서울 것이라곤 없는 안전 기지였다.

가끔 불어오는 여름밤의 바람은 끈적이는 살 위에 보드랍게 내려앉았다. 한 번씩 불어오는 바람에 큰아이가 "아~ 시원하다!"라고 외치면 모두 웃음보가 터졌다. 마치 할아버지를 흉내라도 내듯 네 살배기 아기 말투라기엔 제법 무게감 있던 그 한마디에 한참을 웃곤 했다. 여름밤의 바람은 기다릴 줄 아는 사람에게 주어지는 감사함이었다. 모기향 연기처럼 사랑은 소리 없이 퍼져 기억 속으로 깊숙이 스며든다. 그 여름밤은 지나갔지만 안전하다는 감각과 함께한 온기는 여전히 몸에 남아 있다.

모기향을 피워 놓고 여름 고즈넉한 시간, 일과를 마친 가족이 모인 마당 평상 위는 우리의 사랑방이었다. 할머니가 좋아하는 옥수수, 참외의 노란 색깔은 아이들에게 달콤함보다 더 찐한 시간으로 기억되었다. 시간이 흐르는 만큼 타들

  할아버지가 남긴 새

어 갔던 모기향이 꺼질 즈음이야 잠자리로 돌아가며 아쉬운 인사를 나누었다. "할머니, 내일도 우리 여기서 만나요." 큰 아이는 그 약속을 받아야만 일어섰다. 멀리서 개 짖는 소리마저 잠잠해질 무렵 아이들은 새근새근 잠이 들었다. 방으로 들어와도 온몸에 배어있는 모기향 냄새는 쉽게 사라지지 않았다. 잊을 수 없는 한여름 밤의 추억이었다. 고향이란 물리적 장소가 아니라 마음속에 아롱지는 추억의 저장고이다. 그 행복함 덕분에 힘들어도 찾아가 쉬고 싶고 다시 가고 싶은 마음을 불러일으킨다. 고향이라는 이름은 몸과 마음에 스며든 감각의 기억이다. 모기향처럼 소리 없이 퍼진 사랑과 안전의 감각은 시간이 흘러도 잊히지 않는다. 우리가 평생을 버티게 하는 힘은 이렇게 평범한 하루 속에서 조용히 쌓인 따뜻한 순간들이다.

"엄마랑 잘래요!"

시부모님과 함께 살면서 마음대로 되지 않던 일이 딱 하나 있었다. 큰아이와 함께 자는 문제였다. 어릴 때 큰아이는 포동포동하고 하얀 데다 꼭 인형 같았다. 아기 때부터 유난히 차분하고 얌전한 아이였다. 어머니는 모임 나가시거나 마실 갈 때도 꼭 손잡고 데리고 다니셨다. 그래서인지 할머니의 마음은 늘 하나였다. "오늘은 꼭 안아서 데리고 자고 싶다." 우리 아이들은 할머니의 사랑을 듬뿍 받았다. 반면 작은아이는 전혀 다른 결이었다. 빠르고 날쌔고 깡말라 있는 아이. 늘 엄마 옆에 붙어 있는 엄마 껌딱지였다. 자연스럽게 큰아이는 할머니 차지, 작은아이는 엄마 차지가 되었다. 그렇게 역할이 나뉘듯 잠자리도 굳어졌다.

그러던 어느 날, 드디어 함께 자기로 약속했다. 어르고 달래고 다독여서 할머니와 같이 자기로 했다. 할머니는 그날 유난히 흡족해하셨다. 소원이 이루어진 얼굴이었다. 바라던

데로 아이는 할머니 품속에서 잠이 들었다. 그런데 한밤중이었다. 밤 깊은 시간, 문이 열리는 소리와 함께 맨발의 작은 발소리가 바닥을 쿵쿵 울렸다. 무슨 무서운 꿈이라도 꾼 걸까 싶어 얼른 끌어안았다. 할머니가 고단해서 깊은 잠에 빠진 사이 문을 열고 바깥채로 달려 온 것이었다. 놀라기도 하고 어리둥절해서 얼른 안아주었다.

"엄마랑 잘래요!"

그 말이 떨어지기 무섭게 다시 곤하게 잠에 빠져들었다. 신기하기만 한 일이었다. 다음 날, 할머니는 손주가 새벽에 건너갔다는 사실을 이미 알고 계셨다. 그래도 다시 물어보셨다. "오늘은 끝까지 같이 잘 거지?" 큰아이는 얼굴을 붉히며 말했다. "알았어요! 오늘은 꼭 할머니랑 잘게요."그러겠다고 한 큰아이는 할머니와 한 이불을 덮고 누웠다. 그러나 예견이나 한 것처럼 곧바로 달려오기를 몇 번이나 반복되고 나서야 할머니는 조용히 포기하셨다.

"엄마랑 자는 게 좋구나." 아이의 수줍은 미소가 대답이었다. 큰아이는 유난히 엄마 품속에 있는 걸 좋아했다. 잠들기 전, 엄마의 눈썹을 만지며 잠이 들었기 때문이다. 눈썹 숱이 많지도 않은데, 포동포동한 손가락으로 거꾸로 눈썹 털을 쓸어내려야 잠이 들곤 했다. 그러니 할머니의 눈썹을 만질 수는 없었을 것이다. 익숙하지 않은 데다 만지려는 시도도 해보지 못한 채 자동으로 일어나 달려왔을 것이다. 이런 잠버릇은 일곱 살이 넘어서야 사라졌다. 엄마인 나는 사랑의 또 다른 표현이라 여기며 참고 받아들였지만, 할머니는 눈치채지 못하셨을 것이 분명했다. 깊은 잠을 못 자는 엄마도 기다리는 일이 여간 힘든 게 아니었다. 그런데 할머니야 오죽할까? 밭일하고 오신 할머니는 피곤하여 바로 잠을 청해야만 했다. 한동안 참고 잠들 때까지, 또는 자다가도 자동으로 눈썹을 만져야만 안정을 되찾았다.

잠버릇이 있어서인지 아무 데서나 자지도 않았다. 그건 남편도 마찬가지였다. 아무리 술에 취해도 귀소 본능으로 집은 잘 찾아왔다. 머리만 닿으면 깊이 자니 부럽기 짝이 없다. 오죽하면 전쟁이 나도 깨나지 않을 거라고 우스갯소리를 한다. 타고난 숙면은 최고의 보약이다. 시부모님께 물려받은 큰 복일 것이다. 잠에 민감하고 잠귀가 밝아 깊은 잠을 못 자는 내겐 더할 나위 없이 부러운 면이다. 남편은 지금도 잠이라도 푹 자니 그 많은 일을 해내고 있다. 내가 가장 신경 써 주는 부분이기도 하다. 잠만이라도 편하게 잘 수 있도록 배려해 주고 있다.

잠에 대한 어머니의 일화를 들려주셨다. 제삿날마다 빌 때면 피곤하신 듯 눈을 감고 계신 모습이 역력하다고. 얼마나 고단하셨으면 쏟아지는 졸음을 이겨내지 못하고 힘겨워하셨을까? 언젠가 그런 말씀을 하셨다. "초저녁 잠을 참아내기가 제일 어렵다"라고. 시부모님의 하루는 늘 새벽 4시에 시작됐다. 어김없이 맞춰놓은 알람처럼 정해진 시간에 일어나셨다. 그러니 주무시는 시간도 빨랐다. 규칙적인 생활을 하셨기에 더 건강한 게 아닌가 하는 생각을 해 본다.

가끔 시댁에 가서 어머니와 같이 잠을 자고 오려는 생각도 해 보았다. 아이들도 다 커서 청년이 되니, 가서 자고 올 일도 사라졌다. 그럴수록 문득문득 떠오른다. 어릴 적 손주를 안고 자고 싶어 했을 어머니의 마음이. 우리가 가서 되레 불편하지나 않을까, 혼자가 더 편하시지는 않을까, 괜히 걱정을 앞세우며 망설이기도 한다. 어렸을 적 손주들이 훌쩍 상성해 버려 아쉬움이 클 수도 있을 것이다. 그러나 하루 정도는 재미있게 할머니와 시간을 보내는 일. 우리 가족이 계획하는 일이기도 하다. 어머니께 여쭤본다면 어떤 말씀을 하실지 궁금하기도 하다. 우리는 떠나온 자리에서 배운 사랑을 돌려줄 방법을 찾고 있다.

이제는 우리가 잠자리가 되어 줄 차례다. "할머니 오늘 저랑 같이 주무실래요?"라고 물어주는 20여 년 전의 포동포동한 손주. 아마도 할머니는 그 말을 기다리고 있는 건 아닐까? 맨발로 엄마에게로 달려가 버리는 손주가 섭섭했을 법도 한데, 내색 한 번 하지 않으셨다. 때로는 손주하고만 오롯이 같이 보내는 시간도 괜찮을 것 같다고 생각해 본다. 외롭지 않게 여러 면으로 찾아뵙는 게 할머니를 기쁘게 해드리는 일이라고 말한다. 가족이란 잠들 때까지 곁을 내어주는 사랑으로 완성된다. 그간 받은 사랑에 보답해 드리기 위해서 할 수 있는 무엇이라도 해 드리자고 약속해 본다.

아버지가 곁에서 그림자처럼 위해주고 챙겼었기에, 아마 가장 바라고 있을 것이다. 임종을 앞두고도 "어머니 잘 모실게요."라는 말을 듣고 나서야 편안하게 눈을 감으셨다. 아마 아버지가 가장 듣고 싶은 말이 아니었나 하는 생각이 든다. 곁에서 지켜본 두 분의 모습은 서로를 위하지 못해 애쓰며 살아온, 아름다운 부부였다. 그 모습은 자식들에게 고스란히 남아 정신적 유산이 되었다. 그래서인지 우리 시댁 식구는 사랑이 넘치고 다정다감하다. 가족이 화목한 걸 큰 자랑으로 여기며 서로를 보듬고 아끼며 늙어간다.

잠들 때까지 곁을 내어주는 사랑이 가족을 완성 시킨다는 걸, 우리는 시부모님께 배웠다. 사랑은 무조건 붙잡아 두는 게 아니라, 돌아올 자리를 내어주는 일인지도 모른다. 한때는 엄마의 품이었고 이제는 우리가 내어 드려야 할 잠자리처럼 사랑의 방향은 조용히 바뀌어 간다. 이제는 돌려줄 차례다. 받은 사랑만큼, 아니 그보다 조금 더 돌려주기 위해 노력하자고 마음속으로 약속해 본다.

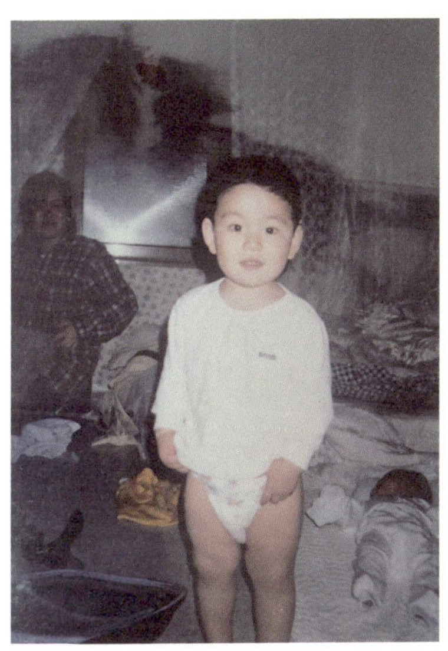

막내 손주 돌잔치

막내 손주 지수의 돌잔치를 하던 날은 하얀 눈이 하염없이 쏟아지던 한겨울이었다. 날씨도 어찌나 추웠던지 한복을 차려입었지만, 입에서는 연신 "추워, 추워!"라는 말이 나왔다. 눈은 멈출 기미가 보이지 않았고, 길은 점점 미끄러워져 갔다. 시골인 애월 집에서 돌잔치를 차리기로 한 터라, 혹시나 눈으로 인해 발길이 막히지는 않을지 마음이 쓰였다.

그렇게 눈이 계속해서 내리는 와중에 많은 분이 찾아와 주었다. 눈이 많이 내리는 날에 태어나거나 결혼하면 아주 잘 산다는 말이 있다. 그 말을 증명이라도 하듯 그날의 눈은 축복처럼 여겨졌다. 걱정으로 시작한 하루는 감사로 채워졌다. 작은아들은 형보다 조금 크게 태어났지만 먹는 걸 무척 싫어했다. 바싹 마른 데다 까탈스러웠다. 입매도 짧아서 진득하게 앉아서 오래 먹지도 않았다. 그날도 컨디션이 안 좋은지 울다가 자다가를 반복했다. 돌잔치는 생각보다 순탄치는 않았다.

그러다 돌잡이 순서가 되었다. 계속 울기만 하던 아이가 갑자기 무언가에 관심을 보였다. 바로 연필을 잡더니 입으로 가져갔다. 덥석 잡아 물고 빨고 한참을 가지고 놀았다. 신기하게도 울음은 뚝 그쳤고 이내 웃음까지 터졌다. 그 순간, 작은아이만의 고유한 존재가 싹을 틔우고 있었다.

훗날, 로고테라피를 공부하며 알게 되었다. 이것이 바로 의미를 알려주는 로고 힌트라는 걸. 아기의 첫돌을 기념할 때 '돌잡이'라는 행사를 통해 아기의 '로고 힌트'를 발견하려는 의식이었다. 조그만 아이가 무심코 집어 든 연필 하나에, 고유한 가능성이 담겨 있었다.

지수의 타고난 씨앗, 그 고유한 의미가 무엇일지 모르지만 조그만 아이가 보여준 일상의 행동들에서 그 힌트가 묻어나왔다. 그날 이후로 나는 자주 생각했다. 부모가 해야 할 일은 유심히 관찰하고 격려해서 타고난 씨앗이 세상에서 열매를 맺도록 도와주는 게 아닐까. 나는 눈 내리는 애월에서 간절히 빌었다. 지수에게서 어떤 빛이 나올지 기대하면서 지켜보고 믿고, 기다렸다. 우리 부부는 그 씨앗을 인정해 주고 빛이 더욱 발하도록 도와줄 준비가 되어 있었다.

돌잔치 준비를 위해 어머니와 시댁 식구들은 몇 주 전부터 음식을 마련했다. 제주 풍습대로 돌상도 직접 꾸며주셨다.

어머니는 솜씨가 뛰어나서 상차림을 전문가보다 더 잘 만드셨다. 손님들을 위한 음식 메뉴도 직접 짜서 수십 명이 넘는 분량을 너끈히 해내셨다. 감탄이 절로 나왔다. 시집오기 전부터 어머니는 동네에서도 이미 알아주는 잔치 상차림 명인이셨다. 못 만드는 음식이 없을 정도라고 했다. 함께 살면서 눈치채긴 했지만 정말 놀랍기만 했다. 앞으로 돌잔치는 마지막이기도 했다. 그래서인지 막내 손주의 돌상을 남보란 듯 상다리 부서지게 차려 주셨다.

할머니의 사랑에 감복해서라도 무사히 넘어가기를 바라고 또 바랐다. 그런데 눈은 그칠 줄을 몰랐다. 도로 상황도 좋지 않았다. 오고 가는 사람들의 안위가 걱정되었다. 그 눈을 뚫고 찾아주니, 감사한 마음이 배로 넘쳐났다. 고생해 준 시댁 식구들에게도 면목이 없을 정도였다. 마무리까지 함께 다 치워주고 정리했다. 한복을 벗고서야 한시름을 놓았던 기억이 난다. 우리 아이들은 물심양면으로 사랑을 듬뿍 받았다. 큰아빠로부터 고모들까지 자기 자식 대하듯 넘쳐나는 사랑을 주었다. 그 덕분에 건강하고 반듯하게 잘 자라주었다. 지수는 더군다나 자랄수록 빛을 발하는 대기만성형이다. 동기부여가 되니 빠른 속도로 급성장했다. 가속도를 붙이며 영어 실력이 일취월장했다. 호주의 명문대학교에서 학사, 석사까지 모두 마치고 돌아왔다. 지적 성장은 물론이거니와 정신적 성장이 대단했다. 막내로 사랑만 받고 자라 머나먼 타국에서 강단 있게 해낼 수 있을까 걱정도 했다. 그러나 우리의 염려와는 달리 지수는 호주에서 강한 생활력과 끈기와 인내로 멋지게 성과를 이루어 냈다.

학비만 보내줘도 감지덕지니, 생활비며 방세는 스스로 알아서 하겠다고 말했다. 공부하면서 아르바이트를 병행하는 일이 얼마나 힘든지 누구보다 잘 안다. 나 역시 대구에서 대학 시절 같은 시간을 보내 보았기 때문이다. 행여 학점에 소홀해지기라도 하면 어쩌나, 몸이 축나면 어쩌나 하는 걱정을 날려 보냈다. 학점 관리도 잘해서 아시안 인턴십에도 합격하는 영광을 거머쥐었다. 대학교 대표로 홍보 영상까지 찍었다.

"유학을 왔으니 영어는 기본적으로 완벽하게 구사해야죠."
영어 실력을 향상할 수 있는 환경을 스스로 만들었다. 날로 성장해 나가는 지수는 대학원도, 페루 대사관 인턴십도 모두 합격했다. 연이어 기쁜 소식을 전해줄 때마다 우리는 멀리서 환호성과 눈물을 동시에 삼켰다.

유학하는 동안 우리는 딱 학비만 보냈다. 나머지는 모두 지수가 알아서 해 준 격이다. 아르바이트를 두세 개씩 찾아서 해냈다. 그랬기에 우리의 등골이 조금은 덜 휘지 않았나 싶다. 이 부분은 두고두고 지수에게 정말 고마워하고 있다. 남편도 이구동성으로 자주 이야기한다. 지수가 스스로 나머지 생활비며 방세를 충당해 주어서 가능했다고. 외롭고 힘들었을 호주 유학을 성공적으로 해낸 걸 보면 눈이 펑펑 오는 날에 태어난 지수는 분명 잘 살 거라는 예견이 들어맞았다.

작고 까칠하기만 했던 아이가 얼마나 멋지게 성장했는지 정말 꿈만 같은 일이다. 모두가 사랑의 씨앗이 활짝 피어나게 도와준 결과였다. 돌잡이 때 로고 힌트처럼 지수가 잡은 연필의 힘이 그 위력을 발휘한 것이다. 씨앗은 결국 제 몫의 열매를 맺었다. 간절함이 있는 사람에겐 온 우주가 돕는다는 말이, 그 아이를 통해 증명되었다. 성격도 달라졌다. 사교적이고 넉살 좋고 남을 배려할 줄 아는 사람이 되었다. 무엇보다 나의 교육철학이었던 가장 '예의 바른 사람'으로 자라주었다. 그야말로 인성까지 완벽하게 갖춘 세계적인 인재로 급성장했다. 부모와 조부모의 격려가 지수의 삶에 단단한 기반이 되어 주었다.

홍씨 가문 최초의 영어권 유학파 막내 손주.

시부모님은 표현은 자주 안 했지만 얼마나 뿌듯해하셨을지 짐작이 간다. 호주에서 졸업장을 안고 돌아온 날, 아버지는 지수의 영어로 쓰인 그리피스 대학교 졸업장을 가만히 들여다보셨다. 오랫동안 유심히 들여다보며 어떤 생각을 하셨을까? 대학원 졸업장까지 보지 못하신 게 너무나 안타깝기만 하다. 게다가 영어 특기를 살려 해군 장교, 영어 교수 사관으로 합격해서 입대하게 되었다. 홍씨 가문에 첫 현역 장교인 셈이다. 어머니가 얼마나 기뻐하셨는지 모른다. 그러니 누구보다 아버지가 가장 좋아하셨을 모습이 역력하게 그려진다. 남편이 박사가 되었을 때도 말없이 기뻐했던 아버지였다.

자식과 손주들이 모두 석사와 박사를 마쳤다. 부모님이 자식 농사를 잘 지었다는 증거다. 시부모님이 살아온 모습 그대로 이어받아서 부지런하고 성실하다. 강한 끈기를 갖고 이뤄낼 수밖에 없다. 그 어떤 교과서보다도 훌륭한 가르침이었다. 반듯하고 착하게 자란 것도 중요한 일인데 주어진 일을 완벽하게 해내는 것까지. 존경받는 이유가 있다. 남편이 서기관으로 공직에서 존경받는 이유도 훌륭한 인품 덕분이다. 모두가 더 잘 살아내야 하는 이유가 있다. 바로 시부모님의 무언의 가르침을 소홀히 해서는 안 되기 때문이다.

"아버지! 고맙습니다. 그리고 잘 살아 나가겠습니다." 아버지가 떠나신 날에 미처 다 들려 드리지 못하고 맴돌았던 말을 지금에야 가슴으로 쓰게 되었다. 감사와 겸손으로 받은 사랑을 기억하고 다시 세상에 나누어 주는 것이 삶의 순환이

라 믿는다. 사랑과 관심만큼 아이를 잘 자라게 하는 특효약
은 없다. 이 간절한 마음이 모여 세대를 잇는 가장 소중한 유
산이 된다.

   할아버지가 남긴 새

증조할머니의 죽 보따리

시할머니는 동네에서 건강하기로 소문난 분이었다. 연세가 많음에도 정정하셔서 집안일에도 손을 놓지 않으셨다. 한 동네에 살았기에 어머니는 자주 할머니를 살폈고, 시고모님들 역시 정성껏 모셨다. 그중에서도 큰며느리인 어머니는 당신의 도리를 다하기 위해 묵묵히 애를 썼다. 그 마음을 우리 가족은 누구보다 잘 알고 있었다. 마땅히 해야 할 일을 해내는 것이 그리 쉬운 일은 아니다. 회피하고 싶을 때도 있고, 심지어 도리를 외면하고 싶은 게 인지상정이다. 그런 와중에도 묵묵히 소임을 다하는 건 박수받아 마땅한 일이다. 아버지가 그 마음을 누구보다 고마워했을 것이다.

시댁에서 함께 살던 시절, 큰아이가 네 살쯤 되었을 무렵의 일이다. 밭일을 마치고 돌아온 어머니는 부엌에서 부지런히 죽을 끓이셨다. 잠시 후, 조그만 아이를 부르셨다. 죽 보따리를 손에 꼭 쥐여주며 말씀하셨다. "왕할머니의 죽인데

미지근하게 식었다이. 뜨겁지 않으니까 이 손잡이 잘 들고, 앞 골목 쭉 걸어가서 드리고 오라이.”

똘똘한 지엽이는 “예!” 하고 대답하더니 종종걸음으로 대문을 나섰다. 어머니와 나는 먼발치에서 아이의 뒷모습을 바라보았다. 왕할머니는 증손자가 들고 온 죽 보따리를 받아들며 어떤 마음이셨을까. 조심성 많고 차분한 지엽이는 큰 임무를 완수한 장군처럼 당당히 걸어 들어왔다. “왕할머니가 고맙다고 돈을 주셨어요.” 증손자의 고사리손 안에는 꼬깃꼬깃 접힌 만 원짜리 지폐가 들어 있었다. 행여 흘리기라도 할까 봐 손 한 번 펴지 않고 땀이 찬 채로 들고 왔다. 그 모습을 보는 순간, 알 수 없는 뜨거운 게 목구멍으로 차고 올라왔다. 증손자의 걸음을 바라보며 시할머니 역시 분명 행복을 느끼셨을 것이다.

부모가 하는 모습을 보고 아이는 그대로 배운다. 그것이 가장 강력한 산교육이다. 이후로는 내가 직접 전복죽을 끓였다. 아이들 먹이는 것도 좋았지만 시할머니를 위해 따로 정성을 들였다. 어느새 지엽이는 내가 부엌에서 국자로 죽을 젓는 모습만 봐도 겉옷을 챙겨 입었다. 영특한 아이였다. 곧 엄마가 보따리에 죽을 싸서 손에 쥐여줄 것을 눈치채고 있었다. “엄마, 골목을 쭉 걸어 들어가기만 하면 왕할머니 집 보여요. 참 쉽죠? 식은 죽 먹기에요. 하하하!" 호탕한 웃음이 부엌을 가득 메웠다.

증손자의 심부름이 아주 익숙해질 무렵, 죽 보따리를 다시는 쓸 수 없게 되었다. 아흔다섯 무렵부터 건강이 급격히 나빠지며 병석에 앓아눕게 되었다. 도통 드시질 못했다. 가족 모두 얼굴을 뵈러 가는 날이 잦아졌다. 세월의 무상함을 느끼는 순간이었다. 세상을 호령하던 시할머니의 건재도 사그라들기 시작했다. 젊은 시절 위풍당당했다는 이야기를 전해 들었다. 젊음을 뒤로한 채 나이 들어가는 삶을 받아들였다. 여기 애월 당 동네에서 처음 맞이한 시할머니의 상이었다.

동네 사람들은 말했다. "증손자까지 여럿 보고 가셨으니, 참 복 좋은 할망이라."

그 시절, 장수하는 분이 많지는 않았기 때문이다. 아버지는 장남으로서 역할을 끝까지 잘해 내셨다. 물론 그 곁에는 어머니의 내조가 있었기에 가능했다. 두 분은 서로의 마음을 들여다보듯 척척 알아서 해냈다. 장남과 큰 며느리로 살아야 하는 삶에 책임과 의무를 다했다. 때론 고통스러운 삶의 질곡이 아프게 했을 것이다. 가난했던 그 시절에 번듯하게 잘산다는 말을 듣기 위해 얼마나 악착같이 살았을지 짐작할 수가 없다. 그러니 동네에서 '알부자'라는 말을 들을 수밖에 없다.

친구들은 내가 애월로 시집간다고 하자 입을 모아 말했다.
"현희는 잘도 알부자 집으로 시집 감서이."라고 부러워했다.
과수원이 있고 밭도 많다고 당사자인 나보다 더 잘 알고들
있었다. 하지만 내게 중요한 건 그런 조건이 아니었다. 경제
관념이나 물욕에 큰 관심이 없던 나에게 이런 말은 들리지도
않았다. 그저 착하고 착한 마음, 성실한 남편의 심성에 반했
을 뿐이었다. 한 마디로 그의 인품에 더욱 큰 가치를 두었다.
이 사람이라면 손을 맞잡고 평생을 걸어가도 두렵지 않겠다
는 믿음이 있었다. 어쩌면 어머니에게도 아버지가 그런 존재
였을지 모른다.

어느 날, 혼자 계신 어머니를 위해 아이들과 함께 애월로
갔다. 함께 맛난 식사도 하고 정겨운 카페에 들러 커피를 마
셨다. 바닐라라테를 시키는 어머니를 보고 깜짝 놀랐다. 카
페에 한두 번 와본 솜씨가 아니었다. 여든셋의 할머니가 며
느리와 손주, 셋이 나란히 앉아 커피를 마시는 풍경은 애월
시골에서는 흔히 있는 일이 아니었다. 평생을 농사만 지으면
서 고생한 할머니께 드리는 호사치고는 참 소박했다. 그러나
어머니는 그런 소소한 행복을 기꺼이 누릴 줄 아는 분이었
다. 시누이들과 자주 다니며 시대의 변화를 자연스럽게 받아
들이고 있었다. 어머니는 나이 들어감과 죽음에 대해 수용하

는 능력이 탁월했다.

집으로 돌아와 오래된 사진첩을 꺼내 들었다. 1940년대에 태어난 시부모님 두 분의 결혼식 사진, 네 남매의 탄생, 시어머니와 친정어머니를 모시고 다녀온 여행 사진, 젊은 시절 아버지와의 다정한 여행 모습까지. 우리 아이들은 한 장 한 장 넘기며 오래된 역사를 통과하고 있었다. 그곳에는 건강하신 시할머니의 모습도 있었다. 지엽이는 증조할머니 사진을 발견하고 한참을 들여다보았다. 자신의 어린 시절을 떠올리는 듯. 촉촉해진 눈가에 알 수 없는 씁쓸함과 회한의 미소가 번졌다. 주는 사람은 자연스러웠고, 받는 사람은 고마움을 남겼으며, 그 사이를 오간 아이는 사랑을 배웠다.

어머니는 피해 갈 수 없는 죽음을 담담하게 맞이할 정도로 온전히 살아낸 분이다. 자아 통합의 단계에 이른 노년의 모습이랄까. 노년의 삶에서 두려움 없이 주어진 대로 받아들이는 것. 어떻게 늙어가야 하는지, 어떻게 떠나야 하는지를 이미 알고 있는 듯했다. 아버지를 먼저 떠나보낸 이후의 모습에서도 그 단단함이 읽어졌다. 상실과 위로의 그림책을 들고 찾아가 함께 읽어보려고 했다. 걱정했던 것보다 훨씬 담담하게 받아들이고 있어서 내심 다행이라고 여겼다. 죽음을 외면하지 않기에 삶을 끝까지 끌어안을 수 있었다. 죽음 역시 삶의 일부로 여기고 주어진 하루를 의미 있게 살아 나가는 힘! 과연 종부다운 당당하고 강한 어머니였다. '죽음은 끝이 아니다. 삶이 던지는 마지막 물음표일 뿐이다.'라는 가르침을 안고 돌아왔다. 영혼이 고요히 귀향하는 길녘에 스스로 피운 마지막 꽃잎이 바람에 흩날리고 있었다. 삶과 죽음은 멀리 있지 않다. 잘 산다는 건 생명을 오래 보존하기보다 얼마나 의미 있는 삶을 살았냐는 문제임을 어머니는 몸소 보여주고 있다.

　　할아버지가 남긴 새

가파도 청보리밭 축제

시댁에 사는 동안, 인생을 축제처럼 살아본 적이 없었다. 시부모님은 하루를 묵묵히 새벽 밭일로 시작해 저녁에 돌아왔다. 씻고 식사하고 주무시는 일의 반복은 노부부가 우리에게 보여준 삶, 그 자체였다. 똑같은 날을 반복하는 일은 쉬운 일이 아니다. 그러나 그 하루가 차곡차곡 쌓여 인생이 되었다. 평범하기 그지없는 그날들이 사무치게 그리워지기도 한다. 물론 잊어서는 안 되는 소중한 날이었다는 것을 나이가 들어서야 알게 되는 것, 그 또한 인생이 가르쳐 준 의미였다.

어느 날이었을까. 가파도를 가 보고 싶다고 말씀했는지 알 수 없다. 다만 그날 아침, 한껏 멋을 내느라 분주했다. 가파도라는 곳에 청보리 축제가 열린다는 말에 모두가 들떠 있었다. 나는 아이들을 챙기느라 여념이 없었다. 아직 어린아이들을 데리고 외출하는 일은 짐도 많이 챙겨야 했다. 영문도 모른 채 어디론가 놀러 간다는 자체에 신이 났다. 먹을 것을 잔뜩 신고 출발 준비했다. 모처럼 나가는 시부모님의 얼굴도 상기되어 있었다. 아버지는 트레이드 마크인 베레모 모자에 산뜻한 점퍼를 입으니 멋쟁이 신사가 되었다. 풍채도 좋고 키도 큰 데다 미남이셨던 아버지의 옷차림에 어머니는 늘 세심하게 신경을 써주셨다. "며느리들 보기에 깔끔해사 좋주게." 잘 차려입으신 모습이 어머니는 보기에 좋다고 하셨다.

제주에 살면서 가파도라는 섬은 처음 가 보게 되었다. 5월의 가파도는 청보리 축제가 한창이었다. 초록의 물결이 가득하고 시원한 바닷바람이 불어오는 멋진 곳이었다. 배를 타고 들어가는 재미도 좋았다. 춤을 추며 좋아하는 아이들을 보며 행복해하셨다. 아이도 어른도 배를 타는 일 앞에서는 묘하게 마음이 설레었다. 다행히 아무도 뱃멀미 없이 가파도 땅을 밟았다. 섬에 내리자마자 걸어서 청보리밭 안으로 들어갔다. 초록의 물결이 바다 물결보다도 더 힘차게 바람에 흔들리고 있었다.

그 광경 앞에서 미소 짓던 아버지의 얼굴을 잊을 수 없다. 소풍 나온 아이처럼 환하게 웃고 계셨다. 농사일로 늘 바빴지만, 마음만은 어디론가 나오고 싶어 했다는 걸 어렴풋이 눈치챌 수 있었다. 사진을 찍기에 바쁜 가족들 사이로 가파도라는 섬에 대한 설명을 잊지 않으신 분도 아버지였다. 마

  할아버지가 남긴 새

치 가이드라도 된 듯이 섬의 인구수부터 면적, 특성과 생활면 등에 대해 자세하게 들려주셨다. 그날의 아버지는 밭일에 지친 농부가 아니라, 세상을 탐험하는 여행자였다.

시부모님과 함께하니 식사도 신경을 많이 썼다. 축제 기간이라 맛집을 쉽게 찾을 수 있었다. 내가 먹어본 음식 중에 제주 음식이 이렇게나 맛있다고 생각해 본 적은 처음이었다. 바다에 있는 모든 생물을 다 캐다가 만들어 놓은 진수성찬이었다. 손맛도 좋은 식당이었다. 음식 솜씨가 좋은 어머니는 좀처럼 맛있다는 평을 하지 않으셨다. 그런데 그날만큼은 맛나게 드시고 있다는 것을 눈으로 확인할 수 있었다. 어른들이 잘 드시면 우선 마음이 놓였다. 그때 가파도의 음식은 다 맛있다고 긍정적으로 생각하게 되었다. 훗날 누군가 추천해 달라고 한다면 서슴지 않고 바로 해 줄 수 있을 정도였다. 축제라고 선보이는 맛난 간식거리를 맛보며 눈과 입이 다 즐거운 하루를 보냈다.

무엇보다 좋았던 건, 시부모님과 함께하는 나들이 그 자체였다. 그러니 뒤늦게 이런 외출을 많이 만들지 못했다는 죄책감이 마음을 후벼팠다. 눈치를 보느라, 말을 건네는 것이 사치처럼 느껴질까 봐 망설이는 사이에 죄책감의 크기는 더 커져만 갔다. 때론 서로를 배려하는 마음이라는 게 진정으로 누굴 위한 마음 씀씀이인가 하는 의문이 들었다. 결국엔 우리의 마음을 헤아리느라, 조심스러워 말하지 못한 건 아니었나 하는 소심한 마음을 들켜버렸다. 자식이 바라는 걸 마다하는 부모님들은 많지 않다. 우리 시부모님 역시 그러하다는 걸 예외라고 생각한 건 우리의 착각이었다. 가끔은 억척스럽게 밭일만 하는 시부모님들이 존경스럽고 대단해 보였다. 그러나 자식들과 나누는 시간을 더 좋아하는 평범한 아버지, 어머니라는 걸 왜 몰랐을까?

작은아들의 호주 대학원 졸업식을 다녀오고 나서 뼈저리게 느꼈다. 국내도 아닌 해외를 작은아들은 몸도 정상이 아닌 나를 데리고 호주로 뉴질랜드로 여행시켜 주었다. 아마 우리 아이들은 부모님과의 시간을 나눈다는 게 어떤 의미인지 우리 부부보다 먼저 알았을지도 모른다. 부모가 무얼 할 때 가장 기뻐하는지를 알아준다는 건 기적 같은 일이다. 그 시간이 오래도록 남아 어떤 후회도 슬픔도 견뎌낼 수 있기 때문이다. 부모가 기뻐하는 모습을 보며 느꼈을 아이들의 가슴 벅참이 온몸에 전해졌다. 그러고 보니 효도를 가르친 우리가 아이들보다도 효도할 줄 모르는 바보였다. 아이들이 우리에게 삶의 교훈이 되어 주었다.

가파도에서의 하루가 시부모님과의 마지막 소풍은 아니

  할아버지가 남긴 새

었다는 사실이 그나마 다행이다. 시간을 내서 국내에 모시고 다니는 건 그리 어려운 일도, 힘든 일도 아니었다. 오히려 13시간의 비행을 감수하고 하루에도 두세 번의 비행기로 이동해야 하는 오세아니아 대륙을 정복시켜 준 건 작은아들이었다. 물론 남편 역시 훌륭한 아들이다. 내가 바라본 효자 중 둘째라면 서러울 정도로 마음을 다해 부모님을 헤아린다. 주말마다 한 번도 빠지지 않고 찾아간다. 꼭 오랜 시간 머물다 오지는 않는다. 자주 가서 안부 인사를 묻고 함께 식사하고 근황을 알려 드린다. 대단히 맛난 음식을 사서 가지도 않는다. 선물을 들고 가지 않아도 찾아가는 것 그 자체가 가장 큰 선물이다. 그러니 우리 아이들도 보고 배운 대로 살아간다.

부모에게 자식이란 찾아와서 얼굴 보며 이야기 나누고 따끈한 한 끼를 나누면 된다. 효도는 거창한 희생이 아니라 지금 함께 웃고 마주 보는 시간을 미루지 않는 용기라는 것을 가파도의 바람 속에서 배웠다. 너무 쉽고 평범하기 짝이 없는 그 일을 못 하고 사는 게 안타까울 뿐이다. 더 이상 뒤늦은 후회로 가슴 치는 일이 없기를, 지나고 나서야 사무치게 사랑했고 존경한다는 말을 감추지 않기를 간절히 바랄 뿐이다. 여기 그 후회로 인해 바보가 되어버린 한 며느리가 매일 눈물을 삼키고 있다.

효도는 특별한 날을 만들어야 가능한 일이 아니었다. 지금 당장 찾아가 얼굴을 보며 안부를 묻고, 따끈한 밥 한 끼를 나누는 평범함이 가장 큰 효도였다. 말을 아끼느라 조심하느라 미뤄 두었던 마음은 결국 후회가 되어 돌아온다. 사랑의 인사는 늦지 않을 때 건네드려야 한다. 부모의 시간은 천천히 흐르지 않으니 결코 기다려 주지도 않는다. 우리는 이 단순한 진리 앞에서 매번 후회로 무릎을 꿇고야 만다. 두 번 다시 같은 후회로 울지 않겠다고 조용히 다짐해 본다.

3장

그때는 몰랐어요!

할아버지와 첫 나들이

큰아이가 돌이 될 무렵, 걷기 시작할 때 누구보다 기뻐하신 분은 시부모님이었다. 아이가 걷기 시작하자 어디든 데리고 다니기가 수월해졌다. 그 변화는 어른들에게도 작은 자유가 되었다. 그해 여름, 우연한 기회에 새별오름 옆 말을 보러 가게 되었다. 군산에 계신 이모님의 손주들이 내려와서 "가볍게 나들이라도 가자."라는 말이 계기가 되었다. 이렇게 건수가 생기면 절대 마다하지 않고 선뜻 나서는 분들이었다. 정작 자식들은 그저 쳇바퀴 돌 듯 바쁘게 사는 분들이라는 고정관념을 스스로 만들어 놓았다. 이제는 홀로 남은 어머님께 그 시절 이야기를 여쭤볼 수밖에 없다. "어머니, 가파도에 갔을 때 기억나세요?", "손주들과의 첫 나들이는 어떠셨어요?", "가장 기억에 남는 외출은 언제였나요?"

뜬금없이 지금 와서야 이런 질문에 당황하셨다. "먹고 사는 게 바빠서 자식들을 데리고 자주 다니지는 못했주게. 그래도 서울도 가보고, 산으로, 바다로 부녀회 활동하는 일 덕분에 육지도 몇 번씩 갔쪄.”

추억에 젖어 있는 어머니는 그 시절로 돌아간 듯 힘을 내어 이야기를 이어 가셨다. 조금은 자랑스럽기도 했고, 조금은 불안하기도 했을 여행이었다고. 그런데도 그 사진 속에는 늘 아버지가 곁에 서 있었다. 다정하게 팔짱을 끼고 고개를 기울인 채 웃고 있는 앳된 어머니의 모습이 눈에 들어왔다. 아버지는 사진 속에도, 삶의 어디에서나 늘 어머니 곁에 계셨다. 그 가운데 아버지와 첫째의 나들이 사진을 발견했다.

그 오래된 사진 한 장이 오래도록 나의 시선을 잡아끌었다. 첫째는 기저귀를 찬 채 바지를 입지 않고 있었다. 아마도 한여름이었을 것이다. 아기가 무서웠을 텐데 용감하게 말 위에 올라앉았다. 아마 할아버지가 곁에서 지켜주니 가능한 일이었다. 할아버지가 더 신나서 말씀하셨다. “앞이 보라이. 저기 앞에 사진 찍엄서이.” 아기는 아랑곳하지 않고 말하는 할아버지만을 바라보며 시선을 떼지 못했다.

말을 타고 있는 손주 곁에서 말고삐를 꼭 잡고 서 있는 아버지. 다시 그리움에 목구멍으로 뜨거운 것이 차올랐다. 막둥이인 남편을 장가보낸 뒤 오랜만에 얻은 손주였다. 다시 손주 사랑에 들떠 있는 모습이었다. 사진 속 아버지는 유난히 젊어 보였다. 손주를 바라보는 눈빛에는 숨길 수 없는 설렘이 가득했다. 어머니는 종종 이런 말씀을 하셨다. "너네 서방 키울 적에는 지금처럼 살갑게 안아주지도 자전거도 태워주는 일이 없었쩌이. 손주 태어나난 사람이 막 달라진 거주게." 원망인지 타박인지 알 수가 없었다.

남편이 학업에 정진하던 시절의 이야기도 떠올랐다. 여러 번 대학에 도전하며 다시 한번만 더 해보겠다고 말했다. 남편은 꼭 합격할 수 있다고 자신만만하게 큰소리를 쳤다. 그때 아버지는 빨간 대야에 물을 가득 담고 와서 남편의 머리에 쏟아부어 버렸다. 정신을 차리라는 뜻인지, 할 만큼 했으니 멈추라는 말이었는지, 남편은 그 일화를 들려주며 알 수 없는 웃음을 지어 보이기만 했다. 막둥이의 꿈을 가장 든든하게 지원해주었을 아버지의 심정은 어떠했을지 가늠조차 되지 않았다. 그러나 아버지의 장례식은 많은 걸 증명해 주었다. 딸 둘, 아들 둘의 자식들이 보여준 조문 행렬은 얼마나 자식을 잘 키웠는지를 눈으로 확인시켜 주었던 장면이었다. 우리 아이들도 입이 떡 벌어질 정도였다. 나 역시 다시금 남편의 위력에 감탄하지 않을 수 없었다.

애월에 간 날, 창범이 아주버님은 남편 곁으로 오더니 입을 여셨다. "상표야, 네가 이렇게 대외 활동을 많이 한 줄 몰랐쩌이. 직장 생활 잘하는 건 다 알았쩌만은 이추룩 너 조문객이 고득 홀 줄은 몰랐쩌이." 최고의 칭찬이자 아주버님식 애정 표현이었다. 그랬다. 남편을 찾은 조문객의 행렬은 밤이 깊어가도록 끊이질 않았다. 심지어 식사도 거른 채 다녀가시는 분들도 한둘이 아니었다. 밤이 깊도록 무수한 사람들 속에서 인사를 나누느라 진작 슬퍼할 겨를도 없어 보였다. 심지어 발목의 염증이 너무 심해져 고열에 시달렸다. 아들들은 번갈아 가며 손수건으로 땀을 닦아 드렸다. 등과 목의 피로를 손으로 안마하며 풀어드렸다. 눈물겨운 장면이었다. 아버지를 잃은 자신들의 아버지를 바라보며 안쓰러운 마음과 몸을 두 손으로 녹여주고 있었다. 심성이 고운 부전자전의 모습이었다.

남편의 어린 시절, 할아버지와의 첫나들이는 어떠했을지 궁금해졌다. 아마도 장남의 막내 손주를 눈에 넣어도 아프지 않을 만큼 아꼈을 것이다.(남편은 여자아이만큼이나 예쁘게 생겼다고 했다.) 언젠가 시간이 허락한다면, 남편에게 묻고 싶다. 할아버지와의 기억을. 남편도 할아버지와 손을 맞잡고 웃고 있을 것만 같다. 내리사랑으로 흘러온 유전자가 남편의 어린 시절 속에도 녹아 흐르고 있을 것이다. 왜냐하면 우리 아이들에게도 그대로 전해져 흐르고 있기 때문이다. 아버지

가 우리 아이들의 할아버지라는 게 너무나 가슴 따뜻하게 한
다. 인자하고 다정한 미소로 속웃음을 짓던 그 얼굴이 오늘
따라 사무치게 그리워진다. "아버지, 아이들에게 베풀어주신
사랑 오래도록 간직할게요."

　말없이 곁에 서서 지켜보던 마음, 손주를 통해 다시 살아
난 다정함은 세월을 건너 지금까지 흐르고 있다. 한 사람의
삶은 이렇게 누군가의 기억 속에 이어진다. 사랑의 형태만
바뀐 채로. 우리는 오늘도 그 사랑 위에 서서, 다시 누군가의
추억이 되어 간다. 우리 아이들에게도 더할 나위 없이 따뜻
하고 다정했던 조부모였다고 기억될 날을 기다려 본다. 사랑
이 넘치는 우리 가족의 빛이 나는 가보(家寶)라 할 수 있다.
사랑은 말로 남기기보다 함께한 시간 속에 조용히 스며들어
추억이 된다. 할아버지와 함께한 나들이는 잊지 못할 다정
함이었다. 우리는 그 흐름 속에서 추억을 쌓아간다. 할아버
지의 다정함은 사라지지 않는 마음이 되어 우리에게 남아 있
다. 삶으로 이어진 정신적 유산이다.

"아빠, 우리 집에 또 놀러 와"

시댁에서 시부모님과 함께 식사하는 특별한 날이 있다. 어쩌다 남편이 잠깐이나마 집으로 들어오는 날이었다. 그런 날은 손에 꼽을 정도로 몇 안 되는 날이다. 바쁘게 공직 생활에 최선을 다하고 있다. 그러니 그런 날은 모두가 모여 둘러앉았다. 그러다가 식사를 마치고 다과를 준비하던 참이었다. 갑자기 아이들이 물었다. "엄마, 아빠는 어디 갔어요? 방금 여기에 있었는데…. 없어져 버렸어요." 울상이 된 아들은 방 안과 빈 마당을 두리번거렸다. 이런 일은 늘 생기는 일이었다.

아버지가 조용히 말씀하셨다. "지엽이 아방 전화 받앙 밖으로 급허게 뛰어 나갔쪄이."라고. 비상이 생겼다. 산록 도로에 노루가 죽었다는 사고 신고를 받았다. 그 당시 축산 담당이었던 남편은 멀쩡히 집에 있다가도 그렇게 여러 번 사라지곤 했다. 아이들은 아빠가 집에 있는 시간이 없다는 걸 어느 순간 알게 되었다. 일은 늘 갑작스러웠고, 처리는 언제나 신속해야 했다. 일을 정확하게, 책임감 있게 해내는 남편은 공무원이 천직인 사람이다. 내가 붙여준 별명도 "하늘이 내린 공무원". 세월이 흘러 성인이 된 두 아들은 이렇게 말했다. "어린 시절을 아빠랑 함께 보낸 기억이 별로 없어요. 늘 엄마가 대신해 줬죠." 그 말속에는 원망보다 이해가 담겨 있었다. 남편은 일을 우선하는 성실한 공직 생활을 해왔기 때문이다. 그래서인지 인정받고 존경받는 공무원으로 30년을 한 길만 걸어왔다.

한 분야에서 30년 넘게 충성을 다하는 일은 대단히 어려운 일이다. 구제역을 세 번이나 겪으며 머리는 다 빠져버렸다. 끝없는 민원과 회식 속에서 쌓인 스트레스도 만만치 않았을 것이다. 그러나 가장으로서 책임져야 할 의무를 누구보다 열심히 해냈다. 성실함. 하나로 승부를 걸었다. 아버지가 그랬던 것처럼. 책임감 강한 가장의 자리를 지켜내는 힘이 공존했다.

집은 잠깐 머물다 가는 거처가 되었다. 아이들은 아빠와 이야기를 나누거나 놀이를 해보기도 전에 뒷모습만 보아야 했다. 그때마다 나는 속으로 생각했다. '소방관이나 경찰도 이보다 낫지 않을까?' 하고. 아내인 나는 참고 기다리면 되었다. 그러나 아이들은 어땠을까. 지나고 보니 얼마나 아빠와

놀고 싶었을지 성인이 된 아들들의 말에서 섭섭함과 그리움이 새어 나왔다. 그런 내색 하나 없이 꿋꿋하게 올곧은 아들들로 잘 자라준 게 얼마나 고마운 일인지 모른다. 그때 아이들이 불러 세우지 못했던 아빠의 뒷모습은, 시간이 지나 존경이라는 이름으로 마음에 남았다.

남편도 "아이들을 잘 키웠다. 고생 많았다는 거 다 안다."라고 자주 말해 준다. 혼자 어린 두 아들을 키우며 교육에 힘썼던 시간이 헛되지 않았다는 말에 비로소 안도한다. 부모에겐 이보다 더 큰 기쁨이 없다는 걸 자주 느끼는 요즘이다. 학교에서 아이들을 만나는 일을 하면서 깨닫는다. 마음이 아픈 아이들의 근원은 대부분 가족에서 시작된다는 걸 통감한다. 이 안에서 일어나는 온갖 상처와 아픔을 치유하려면 오랜 시간이 필요하다. 서로에 대한 사랑과 존경은 저절로 생기지 않는다. 연습해야 하고, 자주 표현해야 안다. 그래서 나는 늘 아이들에게 들려주었다.

"아빠는 국가를 위해 일하는 훌륭한 사람이야. 공무원이라고 부르는데. 남을 위해 먼저 나서서 돕는 좋은 사람이야."
아이들은 그 말을 노래처럼 들으며 자랐다. 우리 아이들은 이때부터 이미 아빠를 우러러보는 마음이 생겨났다. 아빠라는 존재를 그렇게 이해하며 마음속에 담아 두었다. 지금은 아빠와의 시간을 제일 좋아한다. 술잔을 기울이며 밤새 이야기를 나눈다. 이야기가 잘 통하는 어른인 아빠. 그리고 그 말을 잘 들어주는 아이들. 그 관계가 참 고맙다.

성인이 된 아이들에게 지금은 우리가 말한다. "얘들아, 제주 집에 놀러 와." 아이였던 아들들은 성인이 되었다. 우리 부부는 나이가 들어가고 있다. 거꾸로 아이가 되어가듯이 자식들이 고향으로 내려와 주길 기다린다. 아이들이 오면 못 먹었던 음식도 먹고 해보지 못했던 일도 하게 된다. 자식이 있어서 편하다는 말을 실감한다. 곁에 있다는 것만으로 큰 힘이 된다. 그래서인지 우리 가족은 유난히 살갑다. 서로 주지 못해 안달이고 쓰다듬고 안아주는 애정 표현도 서슴지 않고 한다. 어려운 시기를 이겨낸 가족일수록 사랑은 견고하다. 비바람에 흔들려도 뿌리를 지켜낼 줄 알기 때문이다.

아빠는 시간을 같이 보내주지 못했지만, 꼭 있어야 할 순간에는 함께했다. 탯줄을 자를 때, 돌잔치 같은 중요한 날에는 반드시 곁에 있었다. 물론 입학식이나 졸업식 등 학교 행사에는 참여하지 못했다. 엄마인 내가 모두 대신했다. 그나마 다행이라 생각한다. 엄마라도 갈 수 있다는 것에 감사했다. 시부모님도 그러셨다고 했다. 바쁜 농사일로 학교 행사에 가지 못했지만, 마음은 언제나 자식 곁에 있었다고. 몸은 떨어져 있어도, 응원의 마음은 아이들이 먼저 알고 있었다.

이제 우리 아이들에게 아빠는 가장 든든한 지원군이자 친구 같은 존재다. 무엇 하나를 결정할 때도 아버지의 의견을 묻는다. 할 말을 편하게 언제든 다 할 수 있다. 두려움이라든가 어려움은 아랑곳하지 않는다. 오히려 안 좋은 일을 먼저 알려준다. 숨기지 않고 의논할 줄 안다는 것. 이것이야말로 부모와 자식이 가져야 할 가장 중요한 자세라고 생각한다. 안 좋은 일조차 꺼내서 의논하는 게 부모와 자식 사이에 중요한 신뢰다. 그러면 아이들은 세상을 살아가는 데 무서울게 없다. 도움을 받고 손 내밀 줄 아는 아이들이 고맙다. 그래야 다른 사람의 손도 잡아줄 수 있기 때문이다. 함께한 시간은 짧았어도 마음만큼은 늘 함께 있었다. 그래서 아이들은 알게 되었다. 간절할 때는 반드시 돌아와 준다는 것을.

"아빠, 우리 집에 또 놀러 와."라는 말이 이제는 이렇게 들린다. "아빠! 우리를 위해 밖에서 일하느라 고생 많았어요." 그리고 언젠가는 이렇게 말해 줄 날이 오겠지. "아버지, 저의 집에 오세요." 서로를 곁에 두고 싶어 하는 마음. 그것이 가족 사랑이다. 시부모님이 삶으로 보여주신 사랑처럼, 우리가 아이들에게 전해 준 사랑 역시 이어지고 있다. 불완전하고 서툰 우리를 바로 서게 해 주었던 그 사랑의 유전은 계속 흐르고 있다. 가족은 기다림 속에서도 서로를 놓지 않는다. 오늘의 "또 놀러 와."라는 말은 서로의 삶을 끝까지 응원하겠다는 약속이 되어 남는다.

함께한 시간이 길지 않아도 마음이 늘 같은 방향을 보고 있다면 사랑은 분명 전해진다. 가족이란 곁에 없을 때도 서로를 믿고 기다려 주며, 돌아올 자리를 내어주는 존재다. 그래서 "또 놀러 와."라는 말은 결국 삶의 어느 자리에서도 늘 기다리고 있다는 지지와 격려의 인사말이다.

  할아버지가 남긴 새

짠짠짠 짜라라 율동과 노래

아이들이 어린이집을 다니기 시작하면 어느새 달력에 동그라미 하나가 그려진다. 바로 발표회 날이다. 아직 아기 같은 얼굴에 반짝이 옷을 입고 어려운 동작을 외우며 무대에 오르는 날. 선생님들의 탁월한 지도 덕분이기도 하지만 어릴수록 머리가 더 영리한 게 분명하다. 안 그러고서야 그 어려운 동작을 어찌 그리 잘 외우는지. 음악이 흐르기만 하면 몸이 먼저 반응하는 걸 보면 그저 신기할 따름이다. 그 작은 몸으로 박자에 맞춰 흔들거리는 모습을 보고 있으면, 아이가 아니라 작은 요정을 보는 듯하다. 첫째는 조용하고 차분한 성격과 달리 흥이 많은 아이였다. 율동을 어찌나 실감 나게 흔들어대는지 보는 이로 하여금 웃음을 자아내게 했다. 오동통한 데다 실룩 실룩대는 율동은 사랑스럽기 그지없다. 그런 아이가 큰아들 지엽이다. 그 모습을 특히 시부모님이 가장 좋아하셨다.

발표회 날이 다가오면 늘 마음이 조마조마해진다. 아이들은 꼭 그런 날 컨디션이 좋지 않다. 평소엔 멀쩡하던 아이가 갑자기 아프거나 괜히 예민해진다. 그날, 둘째가 딱 그랬다. 까칠하고 말라서 몸으로 동작하는 걸 좋아하지 않았다. 한 살 일찍 어린이집에 들어가서 어리기도 했지만, 하필 당일에 컨디션이 바닥이었다. 달래 보고 안아주었지만 작은아이는 무대에 서는 게 못마땅해 보였다. 엄마인 나만큼이나 걱정하시는 시부모님의 얼굴은 굳어만 갔다. 그러는 사이 우리 큰아이의 차례가 왔다. 지엽이는 놀라울 만큼 씩씩하게 무대를 채웠다. 박수갈채가 쏟아졌고 나는 웃다가 울었다. 대견하고 고마워서 눈물이 웃음 사이로 자꾸 새어 나왔다.

작은아이는 여전히 불안했지만, 그래도 할아버지, 할머니, 엄마가 보고 있다는 걸 알아챘는지 눈물은 그쳤다. 자기가 할 수 있는 만큼만 해주면 충분했다. 그때의 젊은 엄마였던 나는 말 대신 아이에게 전했다. '괜찮아, 그만하면 잘했어.' 아이들은 부모의 마음을 읽어내는 데 천재적이다. 강요하지 않고 기다려 주면 언젠가는 자기만의 속도로 꽃을 피운다. 그랬던 아이가 지금은 남을 배려하고 기꺼이 자신을 내어줄 줄 아는 성인으로 자라주었다. 그 사실이 나를 가장 기쁘게 해 준다.

   할아버지가 남긴 새

가족들은 아이들의 인성을 가장 부러워한다. 시부모님도 "성품 착하고 바르게 키워줘서 고맙다."라는 말을 많이 하신다. 잘 키우기 위한 인고의 시간이 조용히 지나갔다. 부모가 할 일은 결국 하나다. 아낌없이 사랑해 주면 된다. 그러면 존경하고 따르기 마련이다. 자식은 부모에게서 사랑받고 있다고 느끼는 것이 자라면서 갖는 가장 큰 행운이라고 생각한다. 이제는 어엿한 성인이 되어 이런 질문을 했던 적이 있다. "부모님은 우리가 어떤 사람을 만나길 바라세요? 바라는 인간상이 있어요?" 궁금해하자 나는 주저 없이 답했다. "양쪽 부모님의 사랑을 듬뿍 받고 자란 사람이면 그것으로 충분해."라는 말을 건넸다. 고개를 끄덕이는 두 아들의 눈가에 사랑받고 자란 아이들만의 따뜻한 빛이 흘러나왔다. 사랑받은 사람은 사랑을 줄 줄 안다. 그래서 결국, 서로를 알아볼 것이다. 나와 남편이 부모님들로부터 그래왔던 것처럼. 사랑은 세대를 뛰어넘는 영원불변의 법칙과도 같다.

어린이집에서부터 초등학교 저학년의 발표회, 학예회를 여러 번 거쳤다. 이제야 알게 되었다. 아이들이 무대 위에서 준비했던 그 몸짓 하나하나가 부모에게 건네는 사랑의 신호였다는 걸. 그래서일까? 한 세대를 건너 손주들에게 사랑을 더 많이 주고 싶어 한다. 지나고 나니 더 애틋해지기 때문이다.

우리 부부도 이제는 자식들의 결혼을 생각하게 되었다. 당연히 손주들에 대해서도 떠올려보게 된다. 그림책을 공부하는 지금의 나는 상상해 본다. '그림책 읽어 주는 할머니, 손주들과 도란도란 이야기를 나눠주고 들어주는 할머니.' 언제든 찾아오면 그날의 마음을 읽어 주고 그림책을 꺼내들 것이다. 답답했던 마음을 어루만져 주고 하고 싶었던 말을 들어주면 된다. 이것이 곧 치유라는 것을 믿어 의심치 않는다. 상상만 해도 행복해진다. 그림책 읽어 주는 심리 치유 지도사 할머니!

일주일에 한 번씩 시댁을 찾는 우리 가족의 풍습은 지금까지도 이어지고 있다. 군 입대를 앞둔 작은아들과 할머니를 찾아간 날이었다. 할머니와 3시간이나 수다를 떨었다. 할머니가 들려주는 이야기에 맞장구를 쳐주었다. 질문도 하고 할머니의 마음을 헤아려주기도 했다. 이보다 더 다정해 보이는 장면은 어디에도 없을 듯했다.

밥을 잘 안 먹어서 애태우던 그 조그맣던 아이가 겹쳐 보였다. 이제는 나이 든 할머니 곁에서 살아온 세월을 들어주는 너그러운 성인이 되었다. 큰아들도 이에 못지않다. 만나면 도란도란 이야기를 나누며 시간 가는 줄 모른다. 할머니들과 대화로 정을 나누는 것이다. 그나마 다행이다. 먼 훗날 언젠가는 떠나게 될 할머니들과의 이별에 추억이 가슴 깊은 곳에 자리 잡고 있으니. 떠난다 해도 함께한 시간으로 인해 슬프지만 않을 것이다. 죽음은 끝이 아니라 가슴으로 나누는 영혼의 교감이기 때문이다. 살아 있는 시간에 주고받아야 한다. 사별이 닥쳐오더라도 적어도 후회가 남지 않게 해야 한다. 우리가 죽음에 대해 비탄하지 않는 마음가짐은 준비할 수 있다.

그날 무대 위에서 아이들이 흔들던 작은 몸짓은 사실 사랑을 확인하는 신호였다. "잘하든 못하든 나를 기다려 주고 믿어주세요." 지금도 그날의 음악이 들리는 듯하다. "짠짠짠 짜라라" 한 사람의 인생을 단단하게 만들어준다. 사랑받았다는 기억은 평생을 버티게 하는 힘이 된다. 시어머니는 가끔 그날의 장면 속에서 환한 미소를 짓고 계신다. 손주들 덕에 추억을 가슴에 담고 있었다.

떠나는 이의 마음도 똑같을 것이다. 추억이 있기에, 잘 살았노라고 담담하게 말할 것이다. 우리는 언젠가 모두 떠날 것이다. 떠날 준비를 잘하는 것, 떠난 후의 죽음을 잘 받아들이는 것, 이 모든 것이 삶 안에 놓여 있다. 추억은 남겨진 사람을 살게 하고, 사랑은 떠나는 사람을 평온하게 만든다. 상실과 애도의 글을 쓰면서 죽음을 바라보는 성숙한 사람이 되어 가고 있다. 이렇게 우리는, 인생을 배워간다.

양 키우고 싶어요!

동물을 사랑하는 사람 가운데 악인은 없다는 말이 있다. 지금도 나는 그 말을 믿는다. 우리 아이들의 동물 사랑은 그 말을 증명이라도 하듯 남달랐다. 곤충부터 파충류까지, 키워본 생물의 종류를 나열하자면 자연 도감 한 권은 족히 채울 수 있을 정도였다. 아이들은 '동물 박사'라는 별명을 달고 살았다. 그 당시 아버지가 축산과에서 일하는 영향이 보이지 않게 작용한 것인지 알 수가 없다. 아주 어릴 때부터 동물에 빠져 있었다. 동물에 대한 백과사전부터 자연 도감, 그림책, 동물 관련 책들을 끼고 살았다. 종일 동물에 관한 이야기로 밤샐 지경이었다. 심지어 동물의 학명을 영어로도 다 외워버렸다. 동물 퀴즈 놀이할 때는 눈이 반짝반짝 빛났다. 동물에 대한 사랑은 종을 불문하고 다양하게 키워보고 싶다는 욕망으로 이어졌다.

방방곡곡의 동물원, 나비박물관, 에버랜드, 산과 들로 동물이 있는 곳이라면, 어디든 달려갔다. 집에서 키운 동물도 흔한 종은 아니었다. 양, 기니피그, 고슴도치, 오리, 거북이, 파충류까지 집은 어느새 작은 동물 농장을 방불케 했다. 그중에서 지금까지 가장 또렷하게 기억에 남는 동물이 있다. 바로 양이었다. 흔히 외국의 넓은 초원에서나 볼 법한 양을, 그것도 제주 애월의 시댁에서 키우게 될 줄은 아무도 몰랐다.

어느 날, 아이가 진지한 얼굴로 말했다. "아빠! 양을 집에서 키우면 안 되나요? 양 키우는 법을 배우고 싶어요." 남편은 말없이 아이의 눈을 지그시 바라보았다. 간절함이 통했는지 백방으로 공수해 주겠다는 무언의 끄덕임을 아이는 읽어냈다. 그날로부터 선후배에게 물심양면으로 도움을 요청했다. 아들을 위해 구해줘야겠다는 의지가 대단해 보였다.

이때부터 간절히 원하면 온 우주가 힘을 모아 도와준다는 진리를 배웠다. 마음을 다한다는 것. 그것은 우주의 이치인 듯하다. 가족을 위하는 남편의 마음은 감동으로 이어졌다. 드디어 양 한 마리를 데리고 왔다. 아이들의 행복한 미소와 기쁨은 아빠의 노고를 싹 잊게 할 정도로 넘쳐났다. 어떤 고단함도, 어떤 피로도 그 순간만큼은 말끔히 씻겨 나갔다. "가족은 소우주이다. 가족을 치유하는 건 세상을 치유하는 일이다."라는 어느 심리학자의 말처럼 그날의 남편은 무엇이든 해결할 수 있는 사람처럼 보였다.

다음 날부터 신기한 일이 벌어졌다. 아이들은 아침에 깨우지 않아도 벌떡 일어났다. 바로 양의 물 갈아 주기, 먹이 주기 등 건강 상태를 확인하는 수의사로 돌변했다. 애정이 넘치는 아기 수의사의 출현이었다. 양과 교감을 하듯 안부를 묻고 답했다. 하루 일정을 알려 주기도 했다. 안정 애착이라도 만들어주듯이 외롭지 않게 해주겠다는 비장함이 서려 있었다.

"어린이집에 다녀와서 계속 놀아줄게. 기다리고 있어. 그때까지는 할아버지랑 할머니가 보살펴 줄 거야." 자신의 안정 애착의 경험이라도 알려 주는 것인지 서로 동일시하고 있었다. 그 정도로 좋아했고 양을 키운다는 책임감이라는 걸 이미 어린 꼬마가 깨달았다. 날이 갈수록 양과의 친밀감은 깊어졌다. 아이는 양을 위해 깔아준 지푸라기 위에서 한잠을 앉아 있곤 했다.

비가 오는 날에도 추울까 봐 내다보았다. 너무 더우면 더울까 봐 물을 더 갖다주었다. 부모의 진자리 마른자리를 보살펴 주는 사랑을 능가했다. 동물을 키우는 경험이 아이의 정서에 좋다는 걸 이때 이미 알고도 남았다. 생명에 대한 존중, 보살피고 아껴 주는 배려. 더불어 사는 연대감이 자연스럽게 마음속에 자리 잡았다. 그림책에도 양의 이야기가 나오면 할 말이 많다고 재잘거렸다. 직접 겪은 경험의 가치가 빛나는 순간이었다. 그래서 경험은 인생의 자산이면서 소중한 가치라 할 수 있다.

그러던 어느 날, 문제가 생겼다. 양은 집에만 둘 수 없는 동물이기에 방목도 필요했다. 아이들이 어린이집을 간 사이에 후배에게 풀을 뜯어 먹게 산으로 외출을 보냈다. 하원하기 전에 돌려보내 달라는 부탁도 잊지 않았다. 그런데 시간이 지나도 돌아오지 않자 걱정되었다. 하원 후 아이는 골목에 들어서자마자 환하게 웃으며 양의 안부를 묻기 시작했다. "엄마, 양은 잘 있죠? 얼른 가서 양 밥 줘야지!" 빠른 걸음은 보고 싶었다는 증거였다. 양의 집으로 들어서자 아이는 울상이 되어버렸다. 모습이 안 보이자 불안한 얼굴이었다. "엄마! 양은요? 양은 어디 있어요?" 불안한 눈으로 마당을 한 바퀴 둘러보았다. 아무리 찾아도 보이지 않자 다급해진 목소리였다. "양들도 놀러 나가야 해. 집에 가둬둘 수만 없잖아? 그래서 풀밭으로 소풍 갔어." 그제야 아이는 안심하는 눈치였다.

다음날 양은 수척해진 모습으로 돌아왔다. 털이 자라서 얼굴은 잘 보이지 않았다. 움직임만 둔해졌다고 생각했다. 그런데 시간이 얼마 되지 않아 줄곧 누워만 있었다. 계속해서 움직이지 않는 게 이상했다. 남편은 이미 눈치를 챈 듯했다.

곧바로 수송해서 알아보았다. 급히 알아본 결과 청천벽력이었다. 독초를 먹었다는 소식이었다. 어떻게 이 사태를 설명해야 할지 난감했다. 역시 남편은 아이들의 상실감을 알아차렸다. "소풍 더 가고 싶어 해서 양들의 소풍이 아직 끝나지 않았어. 너희들이 산으로 들로 나가면 좋은 것처럼. 양들도 밖으로 나가는 걸 좋아한단다." 순진한 아이들은 집중해서 들어주었다. 그리고 세월은 흘러갔다. 그 사이 아이들이 관심 가질 만한 말, 염소, 당나귀, 송아지 등 더 많은 동물과의 만남을 주선해 주었다. 그러면서 양의 기억은 조금씩 뒤로 물러났다.

이제 성인이 된 두 아들은 자연스럽게 받아들여 준다. 하지민 그때 나는, 어린 아들의 마음에 상처라도 남을까 얼마나 마음을 졸였는지 모른다. 행여 묻기라도 하면 상실을 어떻게 알려야 할지 늘 두려웠다. 상실과 애도는 우리 인간만이 겪는 경험이 아니다. 동물과의 만남에도, 사랑에는 반드시 헤어짐이 따른다. 반려동물과 함께하는 시간은 늘 짧기에 신중해야 한다. 사랑하는 대상을 떠나보내는 일은 아이든 어른이든 쉽지 않은 일이다. 그러나 자연의 섭리와 이치를 빨리 깨닫게 되었다. 만남이 있다면, 헤어짐은 반드시 온다는 단순한 진리가 바로 인생이다. "잘 가. 그리고 그곳에서는 맛있는 풀들만 실컷 먹고 맘껏 뛰어다녀~"

양을 키운 시간은 짧았지만, 아이들의 마음에는 오래 남았다. 사랑하는 법을 배우는 일에는 반드시 이별의 수업이 따라온다는 걸 알게 되었다. 떠나보내는 아픔 속에서도 생명을 존중하는 태도가 굳게 자리 잡았다. 상실은 아이를 약하게 만들지 않고 오히려 깊은 공감의 시간 속에서 성장하게 해 주었다. 많이 아끼고 사랑했기에 아팠고, 아팠기에 우리는 한 뼘 더 소중함을 배웠다. 사랑을 배우는 길에는 언제나 이별이 있고 그것을 이겨내야 한다. 그것이 양이 우리 가족에게 남겨준, 가장 값진 교훈이었다. 짧았지만 진심으로 보살핀 시간은 아이의 마음에 생명을 존중하는 힘으로 남았다. 상실을 견디며 얻은 따뜻한 감각이 훗날 세상을 다정하게 대하는 어른으로 자라게 한다.

"할아버지, 오토바이 태워 주세요!"

추억 속에서 가장 좋았던 기억을 떠올리는 것만큼 사람을 단단하게 만드는 것도 없다. 힘이 빠질 때마다 살아가는 데 기운을 북돋워 주기 때문이다. 아이들에게 그런 기억을 선물해 준 사람은 바로 할아버지였다. 사람을 편안하게 해주었고 인자하게 미소 지어주던 분. 손주들의 세상을 넓혀 준 분이었다. 아이들이 할아버지와 함께 가장 좋아했던 일은 오토바이를 타고 문구점 가는 일이었다. "할아버지! 오토바이 태워 주세요!"라는 말이 떨어지기가 무섭게, 시동을 걸었다. 아이들은 할아버지의 품속에 안겨 바람을 가르며 달렸다. 그 짧은 이동이 아이들에겐 놀이기구를 타는 것만큼이나 설레는 모험이었다.

문구점에 들어서면 아이들의 눈은 금세 반짝였다. 형형색색의 학용품들 사이로 마치 보물처럼 숨어 있는 장난감 코너가 있었기 때문이다. 두 꼬마가 장난감기기 앞에서 흥분한 모습을 지켜보며 얼마나 웃으셨을지 짐작하고도 남았다. 특히 시골 문구점에 있는 일명 '뽑기'는 두 아이를 단숨에 매료시켰다.

만들기를 하는 조립형 장난감부터 마음에 드는 물건으로 가득 차 있었다. 그중에서 단연 으뜸은 레고였다. 두 아이는 조립하는 재미에 푹 빠져 있었다. 쉽게 뚝딱 조립한 레고 인형을 수집하는 취미를 갖게 되었다. 실력이 늘어가니 다음 단계는 어려운 레고 만들기에 돌입했다. 작은아이는 시내로 와서도 레고 센터에 다니는 걸 가장 즐거워했다. 잘하기도 해서 제주 대표로 뽑혀 외국으로 출전할 뻔한 기회도 있었다. 그러나 어린 나이라 부모가 동행해야 하니 여력이 되지 않아 포기했었다.

시대의 흐름에 맞게 새롭게 나온 장난감 조립을 바라보는 할아버지는 신기하다는 표정으로 그 과정을 지켜보셨다. 아버지의 유년은 자연물이나 맨몸으로 놀았던 게 전부였을 것이다. 구슬치기, 팽이치기, 연날리기 정도나 되어야 돈 좀 있다 하는 집 아이들의 놀이였을 것이다. 아버지의 어린 시절에도 퐁낭 아래서 말타기하며 놀았었다고 했다. 막내아들인 남편도 나무 오르기나 말타기, 딱지치기, 연날리기 정도가 전부였다. 놀라운 건 같은 퐁낭에서 연날리기를 했다는 것이

다. 높고 시원하게 탁 트여 연 날리는 데 최적의 장소였다. 3
대를 거듭하며 놀이의 변천사도 흥미로웠다.

그러던 어느 날은 외할머니가 계신 친정으로 놀러 갔다.
그 당시에 외할머니는 식당을 운영하고 계셨다. 바쁜 와중에
도 손주들이 간다고 하면, 된장국에 옥돔이며 갈비까지 정성
껏 차려 주셨다. 삼계탕을 직접 고아서 먹이기도 했다. 그래
서인지 두 아들은 모두 건강하고 뭐든 잘 먹는다. 형이 먹는
걸 보면서 조금씩 따라서 먹을 줄 알았다. 그러나 역시 둘째
는 우리의 기대를 저버렸다. 몇 숟갈 먹더니, "배불러요." 하
고는 이내 놀이에 빠져들었다. 밥 먹을 생각이 없는 것이었
다. 그런 손주를 친정엄마는 "아고 멜 배설이라. 고것을 먹고
는 어찌 활동을 할꼬이?" 걱정이 이만저만이 아니었다. 그래
서 둘째의 별명은 '멜 배설'이 되고 말았다. 제주에서 나는 멸
치의 내장이라는 말인데, 아주 조금 먹는 아이에게 붙은 별
명이었다.

외할머니가 일하는 틈을 타서 두 녀석이 쿵짝을 해서는 손
을 꼭 잡고 큰길을 건넜다. 단둘이서 어른들의 동행도 없이
문구점으로 가는 용기를 서슴지 않고 냈다. 둘만의 비밀 작
전이었다. 엉덩이를 씰룩거리며 발걸음을 재촉했다. 얼마나
가고 싶었으면 둘만의 눈 맞춤을 끝내고는 나가기로 작심했

다. 지금 생각해 보니 어린 꼬마 둘만 대도로변을 건너가는 일은 여간 위험한 일이 아니었다. 키득키득 대며 둘이서 긴장감을 즐겼다. 무사히 다녀와서는 시치미를 떼고 앉아 있었다.

알면서 모른 척해주는 할머니께 "배고파요. 밥 주세요!"라는 말을 꺼냈다. 아마 비밀리에 레고를 사러 다녀오니, 더 허기가 졌을 법도 했다. 된장국에 코를 박고 밥을 먹는 모습을 지켜보며 할머니는 "천천히 먹어야지. 밥은 많이 줄 테니까. 근데 차 다니는 길을 함부로 돌아다니면 안 돼." 꾸중보다 걱정이 먼저였다. 들통이 난 두 손주의 발그스레한 볼을 쓰다듬어 주셨다.

제법 큰 야단을 맞을 법도 한데 아들을 간절히 기다리던 외할머니에겐 눈에 넣어도 안 아플 귀하디귀한 손자들이었다. 무얼 해도 예쁘기만 했을 아이들에게 외할머니는 세상에 있는 무엇이라도 구해다 먹이고 싶은 심정이라고 했다. 그렇게 존재만으로도 크나큰 사랑을 듬뿍 받고 자랐다. '태어나줘서 고맙다. 있는 그대로 너희들을 사랑한다.' 그런 마음으로 품어 주셨다. 아이들은 어른들의 사랑을 빠르게 알아차린다. 진심으로 사랑해 주는 마음을 누구보다 잘 안다. 어쩌면 밥보다도 그 사랑을 먹고 자라서인지 두 아들은 조부모님에 대한 효심이 지극하다. 부모인 우리가 미처 헤아리지 못한 면까지도 살뜰히 챙긴다. 나이가 들수록 자식들에게 배워가는 일도 많아졌다.

조부모님과 함께 살면서 할아버지 오토바이를 타고 문구점으로 마트로 다니는 걸 가장 좋아했다. 신바람 나게 바람을 가르며 달리는 '씨잉' 소리 속에서 속도감을 즐겼다. 든든한 할아버지의 품속에서 안온함을 느꼈다. 게다가 사달라는 걸 마다하지 않고 들어주니 이런 기쁨이 없었다. 가는 길에 신바람, 돌아오는 길에 행복 한가득. 아이들에게 할아버지는 산타나 다름없었다. 과묵하면서 손주 사랑을 온몸으로 보여주셨다. 지극한 사랑을 절대 잊을 수가 없다. 할아버지와 나눈 어릴 때의 추억의 고향, 애월에서 가장 좋았던 기억이라고 말한다. 그리고 그곳에서 살고 싶다는 말을 자주 한다. 마음 깊은 곳에 뿌린 내린 사랑 때문이다.

할아버지에게 받은 사랑의 은혜를 돌려드려야 했다. 그러나 우리 가족이 받은 크나큰 사랑을 보답해 드려야 할 기회가 사라졌다. 이제는 남아 있는 할머니를 보며 더욱 자주 찾아간다. 할아버지 몫까지 더 잘해드리고 싶기 때문이다. 우리 내외도 마찬가지다. 어머니가 외롭지 않도록 하는 게 지금 해 드릴 수 있는 가장 큰 효도라고 생각한다. 부모님은 우리와 나눌 시간이 그리 넉넉하지 않다는 걸 느낀다. 그래서 추억을 많이 간직해 둘 필요가 있다. 세월이 흘러 할머니와의 시간을 추억하는 것만으로 상실에 대한 슬픔의 강을 조금은 잘 건널 수 있을 것이다.

"할아버지! 오토바이 태워 주세요!" 이 말은 '할아버지 품 안에 안기고 싶어요.'라는 다른 표현이었다. '장난감을 갖고 싶어요. 풍선도 사고 싶어요. 지렁이 젤리를 사주세요. 과자를 사주세요.'라는 손주들의 재롱이었다. 비가 오나 눈이 오나 손주의 말 한마디면 바로 오토바이 시동을 걸었다. 조건 없이 내어준 조부모의 사랑은 아이들의 인생을 지탱하는 뿌리가 되어 주었다. 우리를 사람답게 만드는 힘은, 이렇게 건네받은 사랑의 기억이다. 그 사랑이 할아버지에겐 또 하나의 낙이었을까. 남편이 할아버지가 되어 봐야 일 일이다. 내가 할머니가 되어야 지금 어머니의 마음을 온전히 이해할 수 있을 것이다. 내리사랑이란 그래서 더 강하게 느껴지는구나! 시간을 넘어 흐르는 정서의 대물림. 내가 받은 사랑을 다음 세대에 되돌려 주는 인간의 가장 오래된 가치이다.

  할아버지가 남긴 새

등 하원 개미행렬

시댁의 긴 골목을 걸어 나가면 입구에 조그만 풍낭 하나가 서 있다. 아름드리나무는 아니었지만, 아이들 눈에는 충분히 커 보였을 것이다. 그 나무 아래에는 늘 개미들이 떼거리로 몰려다녔다. 아이들은 유난히 흙을 좋아했다. 그중에도 흙 위를 일렬도 쪼르르 다니는 개미들에게 시선을 빼앗기곤 했다. 마치 아주 작은 세상을 들여다보듯, 쪼그려 앉아 한참을 바라보았다. 이미 아기 베르나르 베르베르의 기질이 엿보였다. 개미와 알 수 없는 대화를 하는가 하면 아침에 먹다 남은 과일을 주머니에 몰래 숨겨 오곤 했다. 배가 고플 거라 여긴 나머지 기쁨에 차서 과일을 꺼내 나눠주었다. "개미들이 배고플 것 같아요."라며 배시시 웃었다. 등원 시간은 늘 쉽지 않았다. 차가 오면 어김없이 가야 한다는 슬픔에 헤어지지 못해 못내 아쉬운 길고 긴 인사를 반복해야 했다. 반면 하원 후에는 여유가 있다는 걸 눈치챘다. 엄마만 기다려 준다면 실컷 놀 수 있다는 걸 아이들도 알아차렸다. 그 골목은 단순히 집으로 돌아가는 길이 아니라, 개미와 실컷 놀 수 있는 놀이터였다.

살면서 그렇게 커다란 검은 개미 떼를 본 적은 흔치 않다. 아이들 덕분에 그동안 무심코 지나쳤던 작은 생명들을 다시 보게 되었다. 흥미로운 자연과학 시간이었다. 무궁무진한 개미의 행렬을 이끄는 개미군단의 지휘관처럼 큰아이는 앞장서서 뽐을 냈다. "엄마, 개미들이 내 말 알아듣고 떼 지어 가요." 개미와 한 몸이 된 듯한 얼굴이었다. 비가 오나 눈이 오나 아이들과 개미의 친밀감은 날로 깊어졌다.

그러던 어느 날, 개미의 행렬에서 벗어난 아픈 개미 한 마리를 발견했다. 어디서 다친 것인지 알 수 없는 개미를 다른 개미들이 자신들의 몸 위로 얹어서 끌고 오는 특이한 광경을 목격하게 되었다. 아이들은 숨을 죽이고 그 장면을 지켜보았다. 큰아이는 마치 개미 병원의 원장이라도 된 듯이 바쁜 손놀림을 보여주었다. 그러고 보니, 이때부터 이미 아이의 마음속에 수의사가 되려는 꿈이 자라고 있었던 건 아닐까.

아이들은 나뭇잎으로 햇빛을 가리고 풀잎을 꺾어 바닥을 푹신하게 만들었다. 그 위로 몸이 뜯겨 나간 환자 개미를 눕혔다. 걱정과 진지함이 가득한 아이의 얼굴에서 수의사 못지

    할아버지가 남긴 새

않은 의미심장한 자태가 뿜어져 나왔다. 얼마나 아플지를 상상하는 깊은 공감의 표정이었다. 분주하게 이리저리 정신없이 다니는 개미의 행렬 사이로 아픈 개미의 시신은 덩그렇게 홀로 남겨졌다. 더 이상 그 행렬에 끼지 못하는 개미를 눈물 섞인 목소리로 위로해 주고 있었다. "너를 사랑하는 개미 가족들 곁으로 데려온 거야. 끝까지 보살펴 줄게."라는 말이 울컥하게 했다. 아프면 사랑하는 가족들의 보살핌이 최고의 약이라는 것을 네 살배기 아기가 이미 알고 있었다.

개미의 행렬은 우리가 살아가는 인생의 축소판일지 모른다. 어린 두 아이와 중년의 엄마는 개미의 군집을 보며 각자의 방식으로 삶의 의미를 배워가고 있었다. 큰아이는 더 어린 동생에게 "지수야! 우리가 같이 있어 주자!"라는 말로 힘을 실었다. 큰아이보다 더 아기인 둘째는 유난히 곤충을 좋아했다. "형아, 우리 집으로 데리고 가서 치료해 주자."라는 말을 반복했다. 한술 더 떠서 "왜 빨리 병원으로 데려가지 않냐?"라고 오히려 나를 나무랐다. 한낱 미물일지도 모르는 작은 생명에게 이토록 진심으로 마음을 내어주는 아이들이 천사가 아니라면 무엇일까. 그 마음은 분명, 사랑을 듬뿍 받아보았기에 우러나올 수 있는 미덕이다. 더불어 살 줄 알고 곤경에 빠지면 도울 줄 알고 아픔을 헤아리는 마음. 살아가면서 밑바탕이 되어야 하는 인성을 이곳, 등 하원 길에서 배우고 있었다.

어느덧 늦은 저녁이 되었다. 아버지는 집으로 돌아오지 않는 며느리와 손주들이 걱정되었는지 골목 어귀로 나오셨다. 뒷짐을 지고 그윽한 눈으로 바라보셨다. 일일이 설명하지 않아도 위급한 상황이라는 게 보였는지 가만히 지켜만 보셨다. 놀랄까 봐 이름도 부르지 않으셨다. 손주들이 개미에게서 눈을 떼지 못하는 이유를 다 알고 있다는 듯이. 눈빛만으로도 모든 걸 헤아리셨다. 할아버지이기에 가능한 배려였다. 그 골목은 개미의 생사를 두고 세대가 함께 삶의 무게를 나누는 공간이 되었다. 아이들을 하원시키지 못하는 날에는 아버지가 대신 그 골목을 걸어 데려오셨다. 유난히 골목이 긴 시댁인지라, 가서 데려오는 길도 만만치 않았다. 그 길을 아이들과 수없이 밟고 지나다니셨다.

마지막 아버지께서 떠나시던 날, 장례를 마치고 돌아오며 그 골목에서 목 놓아 울었다. 분명 애월의 그 골목은 우리가 생명의 소중함과 자연의 섭리를 깨우친 훌륭한 성지였다. 인생의 희로애락을 배운 곳이다. 남편을 만나기 위해 달려가며 가슴이 뛰었던 초입이었다. 사랑의 결실로 시집을 오던 날, 폐백을 드리고, 대구의 친정 식구들을 떠나보내야만 했던 곳, 드나드는 걸음마다 기억해야 할 것을 심어놓았다. 아이들은 생명의 소중함을 개미의 행렬에서 배웠다. 어린이집으로 가기 위해 나가는 곳이기도 했지만, 자연이 주는 신비 속으로 탐험을 떠나는 곳이기도 했다.

20여 년이 흘렀다. 그때의 꼬마들은 가슴 따뜻한 청년들이 되었다. 종종걸음으로 넘어지기도 하고 뛰어다니기도 했을 기다란 골목길. 이제는 할머니를 뵈러 자가용을 몰고 들어온다. "고향 흙냄새가 좋아. 사람 사는 데 같잖아."라고 재잘거린다. 그런 두 아들의 건장한 모습에 어머니는 "와줘서 고맙다이. 조심히 가라이."라는 배웅의 인사를 건네기 위해 어김없이 그 긴 골목길에 나오신다. "할머니 다시 올 때까지 건강하세요." 손을 흔드는 두 아들과 할머니의 쓸쓸한 미소는 천륜을 말해 준다. 강한 핏줄, 하늘도 갈라놓을 수 없다는 강한 우주의 힘인 사랑이 가슴 속으로 파고들어 온다.

차가 사라져 보이지 않을 때까지 한시도 눈을 떼지 않는다. 보내는 이의 마음은 떠나는 이 못지않게 아프다. 오래도록 남아 손을 흔들어 주는 어머니의 얼굴에 아이들은 고개를 꺾어가며 뒤돌아 화답해 준다. 골목 어귀를 돌아서서야 바로 자리를 곧추앉는 아이들의 한숨 섞인 탄성의 목소리가 들려온다. "어릴 때 더 자주 와야 한다던 아버지 어머니 말씀. 할

아버지, 할머니는 시간이 많이 남아 있지 않다던 그 말을 이
제야 실감하게 되네요." 우리 부부의 눈에는 따뜻한 눈물이
흘러내렸다. 세상의 어떤 것으로도 바꿀 수 없는 사랑의 진
주였다. 이 골목이 가르쳐 준 진실은 분명하다. 생명은 크거
나 작다는 것으로 나뉘지 않고 함께 있어 주는 마음으로 존
중받는다. 사랑은 가르치려 애쓰지 않아도 기다려 주고 지켜
보는 태도 속에서 아이의 몸에 스며든다. 지나온 길을 함께
돌아볼 수 있을 때, 우리는 비로소 잘 살아왔음을 깨닫는다.
인생에서 가장 중요한 배움은 일상의 가장 낮은 자리에서 시
작된다.

  할아버지가 남긴 새

한담 바닷가

아이들이 시골에서 자라서 좋은 점은 삼사 방이 모두 놀이터라는 점이다. 흙 놀이가 가능한 앞마당부터 골목길, 아름드리 퐁 나무 아래, 이웃 동네 집 그리고 바닷가. 그중 시간 가는 줄 모르고 놀던 최고의 장소는 단연 바닷가였다. 굳이 유명한 해수욕장을 찾아 멀리 갈 필요도 없었다. 물론 동물들이 있는 곳이라면 울다가도 나설 정도였다. 시댁 옆 조그만 바닷가인 한담은 어릴 때 추억이 많은 곳이다. 두 아늘 모두 바다를 좋아했다. 여기에도 바닷게, 고둥, 조개껍데기, 각종 해초로 가득했다. 그러니 놀잇감으로는 충분하고도 남을 정도였다. 애월에 살면서 아이들이 가장 좋아했던 장소를 꼽으라면 망설임 없이 한담 바닷가였다.

시부모님은 아이들이 어려서 바다에 데려갈 때는 특히 조심하라고 당부하셨다. 틈만 나면 걸어서도 갈 수 있는 거리였고 놀이를 하는 데 그만한 곳이 없었다. 여름이면 물놀이

도구를 챙기고 혹시 추울까 봐 여벌 옷과 큰 수건을 챙겼다. 물과 마실 것, 튜브를 차에 실었다. 출발 전부터 들떠 있는 아이들은 자기가 아끼는 물놀이 장난감을 챙기느라 엉덩이 춤을 추곤 했었다. 서로 빠트리지 말고 넣으라는 말을 주고받는 두 녀석은 바다에서 좀 놀 줄 아는 베테랑 놀이꾼들 같았다. 꼼꼼하게 선크림을 발라주었다. 큰아이는 피부가 하얘도 너무 하얘서 햇볕에 타고 나면 오래가기도 했지만, 화상 입은 사람처럼 아파했다. 그에 비해 작은아이는 피부가 강한 편이었다. 둘은 이렇게도 다르게 태어났다. 조물주가 공평하게 나누어 주었다고 해야 할지, 그저 신기하다고 해야 할지 알 수 없다.

그날은 사촌 형들까지 합세하니 들뜬 기분은 갈매기 날갯짓보다 더 들썩거렸다. 한담으로 가는 건 눈 깜짝할 사이였다. 자석의 힘에 이끌리듯 물속으로 빠져들었다. 사촌 형과 아이들의 함성이 바다를 집어삼킬 듯했다. 곧이어 첨벙 첨벙대는 물소리와 아이들의 웃음소리가 뒤섞여 한 곡의 음악처럼 울려 퍼졌다. 세상에 이만큼 아름다운 연주는 없었다. 바다는 아이들의 넓디넓은 놀이터였고 해산물은 가장 값비싼 장난감이었다. 모래놀이는 아이들의 집중력을 불태웠다. 자연이 주는 혜택을 온몸으로 누리고 있었다.

　할아버지가 남긴 새

물속으로 겁 없이 뛰어드는 용기도 두 형제가 남달랐다. 큰아이는 물의 높이부터 가늠한 후에 깊은 곳은 절대로 눈길조차 주지 않았다. 그다음은 물속 바위나 여타의 장애물이 있는지 물안경으로 탐색에 들어갔다. 그러는 와중에 벌써 물에 초고속으로 뛰어드는 아이가 있었다. 바위나 돌멩이가 밟히면 "아야! 이건 또 뭐야?"라며 뒷북을 쳤다. 먼저 행동하고 생각하는 진취형이 작은아들이었다. 달라도 너무 달라서 한 배에서 나왔다는 게 신기할 정도였다. 계단을 내려올 때도 큰아이는 어려서부터 뒤로 기어 내려오면서 한 발 한 발 계단의 높이를 가늠했다. 그야말로 안전하고 조심성 있는 심사숙고형이다. 반면에 작은아이는 몇 계단을 텀블링하듯 뛰어내려 넘어져서는 울고 있었다.

바닷게를 무턱대고 잡고는 "이거 봐! 꽃게야. 꽃게!"라며 이름 모를 게의 이름까지 붙였다. 곧 게의 성난 이빨에 습격당했다. 울고불고 난리가 났다. 아기의 연약한 살을 물고는 놔주질 않았다. 달려가 조심스럽게 떼 내면 왜 물었냐고 따져 물었다. 어떤 답을 해줘야 할지 난감한 아이가 바로 둘째였다. 그런 광경을 보고 어린 첫째는 "지수야, 바다에는 물고기도 게들도 먹이를 먹으려고 이빨이 있는 거야. 그러니까 항상 조심해야지." 참으로 아이답고도 놀라울 만큼 과학적인 설명이었다. 둘을 보며 울어야 할지 웃어야 할지 어리둥절하기만 했다. 동생에게 생물의 본능을 자신들의 먹는 본능과 비교해서 알아듣도록 주의시키고 있었다. 그러면 또 고개를 끄덕이는 작은아이는 부모보다 형 말을 더 잘 따랐다. 아마 이때부터 두 형제의 유난히 깊은 형제애가 싹튼 듯했다. 자기와 다른 형의 침착한 모습을 보고 자란 둘째는 지금도 인생 롤 모델인 형을 존경하다 못해 사랑하는 수준이다.

동물을 비롯한 자연 속의 생물을 모두 좋아했던 큰아이는 이름을 가르쳐 주며 작은아이의 아픔을 달래주고 있었다. 엄마가 안아주고 달래는 것 이상의 재미를 주어 아픔을 잊게 만드는 큰아이가 빛나 보였다. 그러다 모아온 조개껍데기와 해초를 일렬로 늘어놓았다. 바다 생물 채집가라고 불릴 정도의 어마어마한 양이었다. 작은아이는 집으로 가져가자고 형을 졸랐다. 장난감 통에 담고 있는데, 큰아이는 무슨 생각에 골똘히 빠져 있었다. 무엇이든 행동으로 옮기는 대신 생각이 먼저인 큰아이의 얼굴에 걱정이 어려 있었다. "지수야! 애들도 가족들이 기다리고 있을 거야. 우리가 데려가 버리면 슬퍼할 거야. 그러니까 우리처럼 놀다가 안전한 집으로 돌아가도록 놓아주자. 알았지?" 또 기다렸다는 듯이 고개를 절로 끄덕이는 작은아이가 환하게 웃고 있었다.

　할아버지가 남긴 새

한담 바닷가는 아이들에게 놀이터이기 전에 삶의 교실이었다. 자연은 소유의 대상이 아니라 잠시 함께 머물다 다시 돌려보내야 할 존재임을 가르쳐 주었다. 형제는 이렇게 다름을 인정하며 서로의 부족함을 품는 법을 이곳에서 배웠다.

옆에서 노는 다른 형제들의 싸움을 중재하느라 곁에 꼭 붙어 있는 엄마들의 고민과는 사뭇 다른 나를 의아하게 바라보았다. 같이 놀아주다가 멀리서 지켜보고 다시 가까이 가서 함께 놀아주는 나를 그곳에 있는 엄마들은 부러워했다. 안전하다는 믿음. 여럿이 놀고 주도적으로 놀도록 배려해 주는 일 외에는 특별히 해 준 것은 없었다. 워낙 둘 다 창의적인 놀이로 만들기, 쌓기 등의 놀이를 협력해서 잘 해냈다. 모래 위에 집을 짓고, 그 안에 서로의 개성에 맞는 특성을 담아 놓았다. 나는 칭찬 세리머니만 날려주면 된다. 지금도 아이들에겐 이런 칭찬과 격려 그 이상을 하지 않는다. 마음에서 우러나오는 진실의 기쁨을 칭찬에 실어주면 된다. 지켜봐 주고 믿어주는 어른의 태도 속에서 아이들은 스스로 사람답게 자라난다. 아이들은 무엇이 자신을 주도적이고 용기 있는 사람으로 만드는지를 이곳 바닷가에서 배우며 자랐다. 생명에 대한 배려와 더불어 살아가는 법도 바다가 가르쳐준 진리였다. 결국 아이들을 키운 것은 강한 훈육이 아니라 바다처럼 넉넉한 기다림이었다.

옥수수, 참외, 귤

여름과 겨울의 햇살과 바람, 그리고 비는 눈에 보이지 않는 일을 해 낸다. 씨앗은 땅속에서 숨을 쉬고, 잎은 바람에 몸을 맡기며, 열매는 서서히 익어 간다. 그 과정을 매일 지켜보는 일이 농부의 삶이다. 씨뿌리고 물을 주며 애지중지 자식처럼 키워 나간다. 수확의 기쁨을 알기에 농사는 쉽게 놓을 수 없는 일이 된다. 그렇게 자연의 섭리를 말없이 배우고 그 위대함 앞에서 고개를 숙이게 된다.

농사짓는 집안으로 시집을 와서야 나는 자연의 이치를 몸으로 배웠다. 그것은 다름 아닌 정직함이었다. 자연은 절대 배신하지 않는다. 씨 뿌리고 돌본 만큼, 기다린 만큼 고스란히 돌려주는 것이 자연이다. 시부모님의 농사 과정 중에 유난히 기억에 오래 남는 작목이 있다. 여름 한 철을 견디며 자라난 참외와 옥수수, 그리고 겨울을 기다려 수확하는 귤이었다.

시집을 와보니, 귤밭이 한두 군데가 아니었다. 과수원이라 불릴 만큼 넓은 귤밭은 대량으로 재배하는 전형적인 제주의 농가 풍경이었다. 시부모님이 부지런한 데는 다 이유가 있었다. 귤 농사로 자식 넷을 대학에 보내고 시집 장가를 보내셨다. 철마다 계절 농사도 지었지만 주된 귤 농사가 일 년 중 가장 많은 손길과 정성을 쏟아야 하는 일이었다.

큰아이를 가졌을 때도 아버지는 귤밭에서 유난히 탐스럽고 예쁜 모양의 귤을 따다 주셨다. "산모가 예쁜 과실을 많이 보고, 먹어야 한다. 그래야 고운 아기가 태어난다." 그리고는 눈에 잘 띄는 곳에 두고 자주 보라고 하셨다. 그 말은 예언처럼 들어맞았다. 겨우내 맛 좋고 싱싱한 귤을 실컷 먹어서인지 아주 고운 첫째 아이가 태어났다. 어찌나 예쁜지 친정 식구들은 아기가 보고 싶다며 자주 시댁에 오곤 했었다.

어느 날은 운동 삼아 귤밭에 따라갔다. 과수원에 들어서는 순간 탄성이 터졌다. 이렇게 주렁주렁 달린 수많은 귤을 가까이서 본 적이 없었기 때문이다. 학창 시절을 공부만 하다 대구로 올라갔다. 그러니 제주의 풍경들을 자세히 보지 못했다. 제주로 시집을 와서야 참모습을 보게 되었다. 제주 사람이라는 무늬만 있을 뿐 외지인이나 다름없었다. 그런 내게 시부모님은 제주다운 풍경과 제주 특유의 토속 음식을 선사해 주었다.

 할아버지가 남긴 새

돌이켜 보니 농사짓는 뿌듯함 뒤에 자식을 배려하는 마음이 있었다. 당연히 집에 있는 걸 주는 것이 아니라 마음을 써주어야 하는 일이었다. 밭에 있어도 보여주지 못하고 먹여줄 수 없는 것들이 많다. 마음 씀씀이라는 게 미처 생각지 못한 부분에도 신경을 써주는 일이다. 시부모님께 받은 사랑은 수고스럽지만, 정성으로 남을 대해야 한다는 인본주의가 몸에 배어있었다.

굴을 잘 먹고 좋아하는 과일이 된 데는 시부모님이 베풀어준 노고 덕분이었다. 서서히 스며들어 달콤함을 만들어내도록 시간을 내어주는 자연의 섭리를 배웠다. 여름이면 시댁에 둘러앉아 참외와 옥수수를 먹는 즐거움이 컸다. 지금도 우리 아이들은 계절에 맞게 할머니 댁으로 갈 때는 참외와 옥수수를 사고 가야 한다며 기억한다. "할머니는 노란색 과일을 더 좋아하시네요. 굴, 참외, 옥수수, 감자, 골드 키위, 또 뭐가 있었죠? 세월이 흘러 나중에 할머니의 제사상에는 노란색으로 가득할 거예요." 아이들이 어릴 때 해주었던 말이다. 지금은 우리 가족들도 다 좋아하게 된 과일이 되었다.

어머니는 옥수수도 참 좋아하시지만, 참외를 잘 드신다. 내가 시집을 와서 생소하게 여겨지던 과일을 어머니 덕에 좋아하게 되었다. 노란 속살의 아삭거리며 씹히는 단맛의 식감이 좋았다. 껍질째 먹는 게 더 건강에 좋다고 하셨다. 그전에는 껍질째 참외를 먹는 일이란 생각도 해 보지 않았다. 옥수수는 아예 안 먹었다. 먹을 기회가 없기도 했지만 찾아서 먹는 음식은 더더욱 아니었다. 어떻게 찌는지 어머니가 쪄 준 옥수수는 다 맛있었다. 초여름의 초당 옥수수는 이제 나의 가장 좋아하는 간식이 되었다. 찰옥수수뿐만 아니라 노란 살의 씹히는 쫀득함은 별미라 할 만하다. 김이 모락모락 올라오는 데 호호 불어가며 먹는 즐거움을 알려주신 분도 바로 시부모님이었다.

먹고 사는 일이 중요했던 시절을 넘긴 분들에게 옥수수 한 알의 의미가 어떤 것인지를 전해 들었다. 그래서 풍족하게 먹이고 싶어 했던 것이 아닐까? 밥 굶지 말라는 말을 달고 살았다. "밥 먹어!"라는 말을 인사처럼 건네셨다. 감자 한 알을 쪄도 귀하게 여기는 힘이 있었다. 음식을 남기지 못하게 했던 아버지의 신념은 가족에게 농부의 땀과 노고를 배우게 했다. 밥상에 오르기까지 비와 바람을 견디며 보살핀 누군가의 정성과 마주하는 일이라는 걸 깨닫게 해 주셨다.

같은 음식을 먹고 같이 살면 서로 닮아간다는 말이 있다. 남편과 나는 많이 닮았다. 신혼여행지에서는 오누이가 왜 커플 룩을 입고 다니냐는 말도 들었다. 어디 가서 인사 소개를

  할아버지가 남긴 새

하면 부부가 어찌 이리도 닮았냐고 웃으신다. 아이들도 모두 웃는 모습이 닮아있다. 네 명이 데칼코마니이다. 우리 가족은 아이들이 성인이 된 후에야 계획한 가족사진을 찍었다. 네 명이 웃는 모습이 어찌나 닮았는지 당사자들인 우리도 신기하게 여겨졌다. 그러니 다른 사람들이 보면 너무 닮아서 금방 알아보겠다고 했다. 잘 웃고 웃어서 행복하니 그 에너지가 같이 흐르기 때문이다.

아버지를 닮은 남편을 처음 본 건 그 언젠가 중학교 때부터이다. 부자간이 너무 닮아있어서 누가 알려주지 않아도 처음 봐도 딱 아버지인 걸 알 수 있었다. 말해 주지 않아도 단번에 알아볼 수 있을 정도였다. 당김의 법칙이란 이렇게 우리에게도 성큼 다가와 있었다. 긍정의 에너지가 흐르듯 잘 웃고 잘 먹는 건강한 사람들이다. 그 평범한 진리를 외면하고 살아서는 안 된다.

여름이 가고 겨울이 찾아왔다. 어느덧 귤 철이 되었다. 귤 한 알 한 알에 녹아 흐르는 아버지의 사랑을 다시금 떠올려 본다. 시집을 와서 세상에서 가장 예쁜 귤을 가지 채 선물 받은 며느리. 스물아홉, 첫 아이를 순산하고 극진한 보살핌을 받았던 그때의 산모로 돌아가 들려 드리고 싶은 말이 있다. "극진한 사랑을 받은 은혜를 평생 잊지 않을게요. 고맙습니다!"

　정직한 땀과 기다림이 결국 사람의 마음마저 달게 만든다는 걸 농사가 가르쳐 주었다. 먹고 산다는 건 배를 채우는 일이 아니라, 마음을 나누는 일임을 배웠다. 한 알의 열매 속에는 한 생을 걸어온 노고와 수고스러움이 담뿍 담겨 있다. 그 덕분에 우리는 오늘도 잘 먹고, 잘 웃으며 건강하게 살아가고 있다. 누가 건네는 한 알의 열매도 절대 소홀히 해서는 안 되는 이유가 여기에 있기 때문이다.

7년이 가져다준 사랑

보청기와 사투

아버지의 집안에는 대물림처럼 내려오는 병력이 하나 있다. 바로 청력이다. 아버지는 물론이고 작은아버지, 시고모님까지 모두 보청기를 끼고 있다. 심지어 자식 세대에도 같은 어려움이 이어졌다. 듣는다는 건 생각보다 삶의 많은 부분을 좌우했다. 어머니는 평생을 목청 높여 살아야 했다. 아버지와 대화는 늘 마주 앉아서 했다. 행여 안 들릴까 자연스레 소리가 커졌다. 아버지에게 보청기는 생명과도 같은 것이었다. 귀에 보청기를 끼지 않으면 아예 들을 수조차 없다고 했다. 돌이켜보면, 나도 모르게 목청이 커진 데에는 이 집안의 풍경이 한몫하지 않았나 싶다.

아버지의 유품 중에는 지금도 가슴을 찢어지게 만드는 물건이 하나 있다. 아버지가 떠난 날 아침은 큰 시누이가 아버지의 부탁을 받은 날이었다. 새 보청기 약을 사다 달라고 하셨다. 새로 갈아 끼운 지 얼마 되지 않은 보청기였다. 그런데 임종이 임박했다는 연락을 받았다. 의료진은 틀니와 보청기를 빼내야 한다고 했다. 다시는 큰딸이 사다 준 보청기를 쓰지 못했다. 큰 시누이의 마음은 어땠는지 울먹이며 떨리는 목소리에서 알 수 있었다. 큰딸로서 언니는 부모를 위한 효도라는 게 어떤 것인지 온몸으로 보여주었다.

모름지기 부모의 마음을 앞서 헤아리고 필요한 것을 채워 주기란 여간 어려운 일이 아니다. '효녀'라는 말이 얼마나 무거운 칭찬인지도 잘 안다. 부모가 무얼 바라기도 전에 미리 내놓는다. 기쁘게 해드리는 노력을 아끼지 않는다. 그게 '진심'이라는 것이다. 곁에서 본 시누이들과 남편의 효심은 대결이라도 하듯 릴레이처럼 이어졌다. 언니들은 끊임없이 맛있는 음식을 사 가고, 밖으로 모시고 나갔다. 남편은 그 외의 말동무가 되어 드리고 집안의 대소사를 함께 결정해 준다. 서로 보완해 나가며 만족시키는 일을 약속도 없이 척척 잘 해낸다.

시댁에서 같이 살았던 어느 날, 시부모님은 해가 져도 돌아오지 않았다. 늦게 돌아오는 날은 미리 알려 주시고 갔다. 일이 많아서 다하고 어느 정도 늦을 거라는 시간을 알려주실 만큼 꼼꼼한 분들이다. 해가 져도 돌아오지 않자 심히 걱정되기 시작했다. 불안한 마음에 밭으로 달려갈 심사였다. 그러던 중 전화벨이 울렸다. "밭으로 와 주라이. 빨리 오면 좋으켜."라는 말씀만 남기고 급히 끊으셨다. 무슨 일인지 물을 새도 없이 달려갔다.

아버지의 보청기가 밭고랑 어딘가에 떨어져서 못 찾고 있었다. 어머니는 화가 나신 듯 보였다. 몇 번이나 고랑과 밭 사이를 헤집어 봐도 찾을 수 없다고 했다. "젊어서 눈이 좋으난, 찾아 보라이. 우리는 눈이 어둑어둑해서 안 보이는 거 닮다." 한숨을 내쉬는 어머니를 뒤로하고 플래시의 조명등을 켰다. 아무리 찾아도 보청기는 보이지 않았다. 그 넓은 밭에서 금니를 찾는 격이었다. 그렇게 보청기와의 사투를 벌였다. 실망과 낙담을 할 무렵, 내일 와서 다시 찾아보기로 하고 발길을 돌렸다.

아버지는 보청기가 없으면 거의 들을 수 없있다. 이미니와 일상 대화조차 어려워 항상 붙어 있어야 했다. 아버지의 귀가 되어 주고, 손과 발이 되어 주셨다. 잘 들을 수 없을 때, 어머니가 해결에 나섰다. 처음엔 두 분 사이가 너무 좋아서 늘 같이 다니나 보다 하고 착각했다. 가끔 아버지가 보청기 문제로 들리지 않을 때면 어머니의 감각은 온통 아버지를 향해 있었다. 두 배의 신경을 곤두서고 있었다. 곁을 지켜주는 게 고맙고 한편 미안하기도 했을 거라는 생각이 든다.

다음 날 날이 밝자 곧바로 밭으로 가보았다. 여전히 찾을 수 없었다. 시간도 흘렀지만 바람이 세게 불어서 더 찾을 수 없었다. 결국엔 새 보청기를 사러 시내로 나가야만 했다. 가장 시급한 일이니만큼 밭일은 제쳐 두고 내 차로 다 함께 시내로 향했다. 아버지의 새 보청기를 기다리는 시간이었다. "따님이영 같이 오셨구나예? 잘도 보기 좋수다."라는 직원의 말이 들렸다. "아니우다게. 며느리 마씸. 족은 며느리." 어머니의 짧고 단조로운 말이었다. "아, 며느리가 같이 모시고 왔구나예. 하도 다정해 보여부난 따님인 줄 알았수다게." 듣기만 해도 절로 기분이 좋아졌다. 특별히 다정하게 보인 행동을 한 것은 없었다. 단지, 소리가 안 들리는 아버지께 설명해 드리기 위해 곁에서 이해하도록 도와드렸다. 그 공손함이 다정함으로 보였던 모양이다.

지금 돌이켜 보면 더 다정할 수 있었을 텐데 하는 아쉬움이 든다. 언니들처럼 후회 없는 효도를 했다고 말할 수도 없다. 배려한다고 기다리고 망설였던 시간을 탓할 수도 없다. 결국은 자주 모시고 나가지도 못했다. 그래도 보청기를 맞추고 나면 꼭 점심을 함께했다. 시내에서 시부모님과 식사하는 드문 날이기도 했다. 귀한 음식을 대접해 드리고 싶어도 두 분은 늘 사양하셨다. 소박한 삶이 몸에 밴 분들이었다. 밭에서 거둔 푸성귀로 차린 밥상을 최고의 만찬으로 여기며 살아오셨다.

한 번쯤은 귀한 음식을 드시고 갈 법도 했다. 두 분의 근검절약은 삶의 철학이었다. 남편도 그대로 배워서인지 서민 음식만 좋아한다. 보고 배운 대로 사치를 부리거나 돈을 함부로 쓰지 않는다. 그래서 동네에서 '알부자'로 소문난 집이라는 말을 들었다. 내가 봐온 모습은 부자의 생활과는 거리가 멀었다. 시부모님에겐 밭에서 수확한 푸성귀로 집에서 만들어 먹는 날이 대부분이었다. 보청기와의 사투를 벌인 이유도 따로 있었다. 찾을 수 있으면 더 쓰다가 바꾸는 게 낫기 때문에 혈안이 되었다. 찾을 수 없는 걸 알면서도 몇 번이나 밭고랑을 헤집고 다니셨다. 절약이 곧 생활인 분들이었다.

부모님의 마음을 헤아리게 되는 건 시간이 필요한 일이다. 부모가 되어 보아야 부모 마음을 안다고 한다. 작은 것 하나라도 아끼고 절약하는 자세를 가르쳐 주셨다. "덤벙덤벙 물 쓰듯 써서는 안 된다."라는 말씀은 하지 않았다. 두 분이 어떻게 살고 있는지, 생활 속에서 보여주셨다. 아낄 것은 아끼데, 또 써야 할 때는 통 크게 베풀었다. 경제관념과 사람으로서 도리, 둘 다를 소리 없이 보여주셨다. 지금도 기억하고 있다. 아버지가 음식을 남기지 않는 것, 버릴 것은 다시 고쳐서 쓰셨다. 그렇게 적은 돈을 모아 큰돈을 만들 수 있다는 경제 교육을. 우리 가족은 고장이 나거나 못쓰게 된 물건을 지금도 가지고 있다. 아버지의 손이 닿으면 고쳐서 다시 쓸 수 있을 거라고 믿고 있다. 손길을 기다리는 고장 난 물건들도 처량하게 보이는 날이었다.

아끼고 또 아끼며 살아온 시간은 인색함이 아니라 가장으로서 책임이었다. 말보다 행동으로 남긴 가르침은 세월이 지나 더 또렷이 들려온다. 아버지는 떠났지만, '근검절약'하는 삶의 방식은 우리 안에 남아 계속 말을 걸어온다. 이제야 알겠다. 그러니 효도란 아버지가 보여준 모습대로 살아가려는 태도라는 것을. 보청기와의 사투는 그렇게, 아버지가 남기고 간 삶의 방식과 다시 마주하는 시간이기도 했다.

 할아버지가 남긴 새

그림책과 할머니

어머니가 밭농사를 그만두신 건 나이가 지긋이 들어서였다. 몇 해 전부터 "이제 쉬셔도 된다."라는 말을 수없이 들었지만, 어머니는 좀처럼 농사일을 놓지 않으셨다. 그러던 중 밭농사를 접고 난 후였다. 어머니는 취미로 그림을 그리기 시작하셨다. 어느 날 시댁으로 가보니 미술 도구가 방 한가득 차지하고 있었다. 안경을 쓰는 날이 부쩍 많아졌다고 하셨다. 딸과 사위들이 하나둘 사다 놓고 간 것들이라고 했다. 밭일을 그만두고 나자 무료한 긴 시간을 보내기 위해 준비해 두었다. 한주 한주 갈 때마다 벽에는 새로운 그림이 하나씩 걸려 있었다. 어느새 직접 그린 그림을 곱게 싸서 건네주시기도 했다. 마치 오랫동안 준비해 온 선물을 조심스럽게 꺼내 보이듯이.

노년을 어떻게 살아야 할 것인가?

그 질문은 우리 시부모님도 피해 갈 수 없는 숙제였다. 어머니는 현명하게도 "그리고 싶은 그림을 그리는 게 제일 즐 겁다."라고 말씀하셨다. 그런 모습을 흐뭇하게 바라보는 게 아버지의 낙이었다. 눈이 점점 침침해지고, 등은 굽었지만 쉬엄쉬엄 취미 활동으로 그리고 있었다. 어느 날은 연습 삼아 그린 스케치북을 보여주셨다. 솜씨가 예사롭지 않았다. 혹시 예전에 그림을 배운 적이 있으시냐고 여쭤봤다. 어머니는 고개를 저으셨다. "시집와서 한평생 농사만 지었쪄. 한가롭게 그림을 그릴 시간이 어디 이서시 크니?"라고 했다. 그런데도 어떻게 이런 훌륭한 그림 실력을 뽐내고 있는지 의아해졌다. 요즘 제주의 동쪽, 표선 일대에서 그림 그리는 할머니들이 화제가 되고 있다. 단 한 번도 정식으로 배워본 적 없는 분들인데도, 보는 이로 하여금 감탄이 절로 나올 정도로 뛰어났다. 어머니도 그 대열에 들어가도 손색이 없을 만큼의 실력을 갖추고 있었다. 꾸준하게 하루도 빠짐없이 그림 작업을 했다. 그러더니 급기야 시누이들의 권유로 그림책 한 권을 내게 되었다.

정물화, 동물 그림, 마당의 화초들, 소나무 등 그리고 싶은 것을 있는 그대로 그렸다. 책으로 엮어 나오니 유명 화가의 작품이 따로 없었다. 나는 어머니의 소감 글을 꼼꼼히 읽어 내려갔다. 그 안에는 누구에게나 있을 법한 꿈과 소망이 담겨 있었다. 만약 어머니도 좋은 시대를 만나 배울 수 있는 여건이 되었다면 더 큰 재능을 펼칠 수 있었을 것이다. 아버지는 그림 작품마다 반듯한 낙관도 만들어주셨다. 이름난 화가의 작품에 사인처럼. 아버지는 글씨를 뛰어나게 잘 쓰셨다. 붓글씨와도 같은 필체는 시원스럽고 반듯했다. 어머니의 그림에 아버지의 글씨를 더해 부부 합작 작품을 내면 얼마나 아름다울까. 나는 그런 상상을 하곤 했다. 하지만 아버지는 어머니를 바라보는 것만으로도 만족해하는 눈치였다. 취미 생활 뒤에도 아버지의 공이 숨어 있었다.

어머니는 그렇게 잘 그리는 새 한 마리도 그려주지 않으셨다며 쓴웃음을 지어 보이셨다. 새 그림은 유명한 아버지의 필살기였다. 누구나 쉽게 흉내 내지 못하는 새 그림의 달인이셨다. 연필을 떼지 않고 단번에 그려내셨다. 우리 가족에겐 아주 유명했다. 아버지의 필체는 가끔 볼 수밖에 없었다. 아버지가 기록해 놓은 노트나 메모장에서만 "우와~!" 하는 감탄을 자아낼 뿐이었다. 서예를 배운 분보다 더 잘 쓰는 고유한 필체였다. 남편은 출장을 다녀올 때마다 아버지께 꼭 선물해 드리는 게 있었다. 바로 붓펜이었다. 아버지는 작은아들이 사다 준 붓펜을 아껴서 쓰셨다. 그 사실은 아버지가 돌아가신 뒤, 유품을 정리하며 알게 되었다. 비닐을 뜯어보지도 않은 붓펜들이 서랍장 안에 가지런히 자리 잡고 있었다.

아버지가 그걸 다 쓰고 떠나셨으면 얼마나 좋았을까? 아끼지 말고 쓰고 싶은 글을 마음껏 써보았다면 얼마나 좋았을까. 나는 그 마음을 안다. 좋아하는 펜으로 쓰고 싶은 글을 쓸 때 가장 행복한 사람이기 때문이다. 그러니 아버지 역시 더 쓰고 싶은 게 남아 있었을 텐데 소중하게 아끼다 가셨다. 어머니가 깨끗하게 그림을 그린다 해도 아버지가 늘 뒤에서 조용히 보조 역할을 하셨다. 그림을 그리고 나면 어머니는 허리를 펴느라 힘들어하셨다. 눈도 아프고 온몸이 굽어 있어서 불편해하셨다. 그럴 때마다 아버지는 말없이 뒤처리를 도맡아 하셨다. 어머니가 해달라고 부탁하는 모든 것을 묵묵히 해 주셨다.

아버지가 떠나신 지 여덟 달쯤 접어들 때, 나는 웰다잉 지도사 자격증 공부를 시작했다. 아버지가 보여준 '잘 떠나는 법'을 보고 난 후였다. 책으로 공부하고 교수님들의 이야기를 듣고 확신이 생겼다. 진정한 웰다잉은 아버지의 삶 그 자체였다는 것을. 아버지의 편안한 죽음이야말로 바로 우리가 본받아야 할 태도였다. 고통 없이 품위 있게 가야 할 때를 알고 받아들이셨다. 잘 늙어가셨고, 노년의 삶도 그 전의 삶과 다를 바가 없다는 듯이 일관되게 지내셨다. 자연스럽게 인생의

　할아버지가 남긴 새

흐름을 타고 마지막까지 지켜야 할 게 무엇인지를 아버지의 삶으로 대답해 주셨다. '어떻게 해야 잘 사는 건가요?' 묻기도 전에 아버지는 이미 답을 남기고 가셨다.

사실 나는 다음 작품으로 그림책을 마음에 두고 있다. 아버지와 어머니, 두 분의 삶을 그려 낸 귀한 그림책을 세상 밖으로 내보내려 한다. 대대손손 잊지 말아야 할 가치를 전하고 싶어서다. 조부모님과 증조부님이 어떤 분이셨는지를 아는 것은 제삿날에 둘러앉아 그림책 한 권으로 서로 기억될될 것이다. 그것만큼 따뜻한 추억이 또 있을까.

가끔 어머니의 그림으로 생전에 협업해 본다면 어떨까 하고 상상해 본다. 연로하셔서 더 기운이 없어지기 전에. 어머니를 만나러 가면 슬쩍 물어보고 싶다. "어머니, 저와 함께 아버지의 이야기를 그림책으로 한 번 만들어 볼까요?" 언젠가는 약속을 지킬 날이 올 것이다. '그림책과 할머니'라는 이 글이 증명해 주고 있다.

그림책은 이야기를 남기는 일이 아니라, 한 사람의 삶을 존엄하게 기억하는 방식이다. 노년의 손끝에서 피어난 그림과 말없이 이어진 동행은 가장 깊은 사랑의 기록이 된다. 우리는 잊히지 않도록, 삶을 이야기로 엮어야 한다. 누군가의 서사는 그 나름의 가치가 있기 때문이다. 그림책은 할머니의

취미가 아니라 훗날, 가족에게 남겨진 따뜻한 유산이 될 것
이다. 할머니의 손길을 쓰다듬으며 책장을 넘기는 그 시간
또한 아름다운 애도라 부르고 싶다.

    할아버지가 남긴 새

도두 순옥이네

아버지는 심장 내과에 정기적인 검진을 받으러 다니셨다. 고혈압 약을 드신 지 오래였다. 젊을 때부터 드시기 시작했다. 며느리인 내게 병원에서 안내 문자를 보내왔다. 늘 어머니가 동행하시던 진료였다. 두 분이 거의 떨어져 다닌 적은 없었다. 어머니가 특별히 바쁜 날은 예외였다. 그날 아침, 어머니는 아침 일찍 전화를 거셨다. "아버지 모시고 다녀 오라이. 난 가야 할 디가 있쪄. 고생허리이." 여러 말씀이 없으셨다. 그렇게 나는 아버지를 모시고 애월에서 제대 병원으로 향했다. 아버지와 단둘이 병원에 가는 일은 아주 드물었다. 아니 정확히 말하면 아주 모처럼 있는 일이었다.

여름 한복판이었다.

검진이 끝나면 아버지와 함께 시원한 음식을 먹고 갈 생각에 들떠 있었다. 아버지의 검사는 순조롭게 잘 진행됐다. 검사 결과도 그리 나쁘지 않았다. 초조해 보이던 아버지도 그제야 안도의 기색이 번졌다. 약을 타러 약국에도 같이 가셨다. 언제 어디서건 아버지와의 동행은 참으로 편안했다. 먼저 배려해 주시고 마음을 헤아려주기 때문이다. "아버지, 여기 앉아 계세요. 제가 가서 약을 타 올게요." 알았다는 끄덕임을 보여주셨다. 인자하고 다정한 아버지와 병원 나들이 겸 데이트를 하는 날이었다.

살면서 아버지와 단둘이서 무얼 해 본 건 그날이 처음이자 마지막이었다. 장성해서 친정아버지와도 나눠보지 못했던 병원 데이트를 시아버지와 하게 되었다. "아버지, 시원하게 물회 드시고 가게요? 물회는 도두 순옥이네가 맛나요. 거기서 드실까요?" 허허 웃으시며 어디든 좋다는 표정이었다. 가자는 대로 가실 뿐 어떤 불평불만도 없으셨다. 자식들이 해 주는 거라면, 뭐든 다 좋아하셨다. 그저 함께인 것, 같이 한다는 그 고마움이 가슴속으로 스며들어 왔다.

도두에 도착하니, 이게 웬일인가? 문전성시를 이루고 있었다. 대기 줄이 길어도 너무 길었다. 이름난 곳이라 관광객이 몰려들었다. 이왕이면 맛있는 곳에서 드시게 하고 싶었다. 기다리더라도 물회를 먹고 가기로 했다. 시장하신 시간이라 마음이 쓰이기도 했다. 차라리 허기지지 않게 한 정식집이라도 갈 걸 그랬나 하는 생각을 할 무렵 대기 번호가 불렸다. 참 다행이었다. 긴 시간이라면 긴 시간을 아무 불평 없이 기다려 주셨다. 여기서 가장 유명한 모둠물회 두 그릇을 주문했다. 배가 고픈 시간이라 메뉴가 나오기 전에 반찬을 허겁지겁 먹었다.

아버지와 마주 앉아 조금은 수줍고 조금은 낯선 분위기를 반찬을 집어 먹으며 이겨냈다. 말수가 적고 특별한 일이 아니면 좀처럼 말씀을 많이 하지 않으셨다. 꼭 해야 할 말만 물어보거나 답해주셨다. 그 언젠가 남편을 처음 만났던 날이 떠올랐다. 수줍어하며 눈을 잘 못 맞추던 스무 살 남짓의 남편은 아버지의 데칼코마니였다. 말수도 없고 무뚝뚝해 보여 내가 먼저 재잘거리며 대화의 물꼬를 틀어주었다. 속으로 얼마나 웃었을지 지금 생각해 보니 수다쟁이라도 된 것 같은 모습이었다. 그 어색함을 뚫고 친근하게 이야기를 선넸던 내기 남편 눈에는 신기하게 보였을 거로 생각하니 웃음이 절로 났다.

그때처럼 아버지와 마주하고 나는 실없이 웃음을 짓고 있었다. 아버지도 멋쩍게 따라 웃어주셨다. 인연이라는 건 이렇게 닮은 얼굴로 이어지는 건가 싶었다. 남편과 운명처럼 만나 아버지에게서 남편의 모습을 보고 있는 것만 같았다. 같은 온도의 사람이 내 삶에 들어와 있었다. "아버지, 생물이라 꼭꼭 씹어서 천천히 드세요." 밝게 미소로 답하셨다. 알았다는 대답의 말보다 더 따뜻했다. 오물오물 전복회며 온갖 해물을 씹어 드시는 모습이 어찌나 정겨운지, 그저 바라보는 것만으로도 흡족했다. 아버지가 건강하게 식사하니 저절로 맛도 좋았다.

좋아하는 사람과 밥을 먹으면 더 맛있기 마련이다. 이날 이후로 아버지는 훨씬 편해져서 다가가기도 수월해졌고 하고 싶은 말도 잘하게 되었다. 아버지는 국물까지 말끔히 비우셨다. 양이 꽤 많았지만, 아버지는 음식 남기는 걸 가장 싫어했다. 어쩔 수 없이 따라서 국물까지 남김없이 다 먹었다. 고래 뱃속이 되어 온갖 해물들이 헤엄쳐 다녔다. 국물이 역류할까 조심히 삼켜야만 했다. 선수 쳐서 계산을 마치고 차에 오르자 아버지가 한마디 하셨다. "잘 먹었다이." 짧은 말 속에 많은 의미가 담겨 있었다. 며느리가 모시고 간 곳이라 더 잘 드시는 모습을 보여주셨다는 걸 잘 안다. 이 말 한마디는 많은 걸 얘기하고 있었다. '오늘 시간 내서 병원에 같이 가주고 맛있는 물회까지 먹고 애월 집까지 태워 오고 태워 가느라 고생이 많았다.' 말하지 않아도 알 수 있었다.

그날의 물회는 한 끼 식사 이상의 시아버지와 며느리의 인생 한 장면이었다. 말하지 않아도 전해졌지만 말했더라면 더 따뜻했을 마음이 뒤늦게 남았다. "아버지, 저도 함께여서 정말 행복했어요." 그 말을 끝내 하지 못했다. 우리는 늘 곁에

    할아버지가 남긴 새

있을 줄 알았던 사람에게 가장 중요한 말을 미뤄 둔다. 그래서 물회는 내게 기억의 장소, 그리움의 음식이 되고 말았다. 그 추억이라는 이름이 가슴에 계속 살아 숨 쉬고 있다.

"아버지, 저도 얼마나 행복한지 몰라요. 아버지와 단둘이 드라이브 삼아 병원엘 가고 시원한 물회로 더위도 식히고 편안하게 잘 다녀왔어요."라는 말을 해 드리고 싶었다. 더 살갑게 더 다정하게 아버지에게 속마음을 얘기해 드렸어야 했다. 아버지를 따라 미소를 보인 게 전부였다. 나답지 않게 얌전을 빼고 말았다. 하고 싶었던 말은 참지 말고 즉시 표현해야 한다. 부모님은 자식들의 마음을 다 알지만, 말로 전해 드리면 더 기뻐한다.

이제 나는 도두 순옥이네는 절대 가지 않는다. 아버지와 갔던 그날, 거기 그 자리에 앉아 웃고 있던 두 사람이 떠오르기 때문이다. 다시는 모시고 갈 수도 없고 거기서 밥을 삼킬 수도 없다. 그 후로 물회는 잘 먹지도 않는다. 잊힌 곳이지만 가슴에는 살아남아 있는 곳이다. 그러니 추억이라 하기엔 초라해 보이는 물회 한 그릇에 국물 대신 눈물이 쏟아질 걸 알기 때문이다. 내가 가장 사랑했던 계절, 그 여름에 나는 영원할 것만 같은 든든한 아버지 곁에서 행복을 행복인 줄도 모른 채 앉아 있었다. 불완전하고 두려움에 떨던 작은 새를 품어 준 커다란 느티나무! 아버지에게 나는 어떤 작은 새였을까.

4 · 3 평화 공원

2025년 4월 3일이 어김없이 찾아왔다. 남편은 4 · 3 희생자 유족인 어머니를 해마다 한 번도 빠짐없이 모시고 다녔다. 먼저 말을 꺼내기도 전에 알아서 달려갔다. 연례행사이자 의식을 치르는 숭고한 날이기도 했다. 아버지가 계실 때는 전날부터 갈 준비를 함께하셨다. 그러나 이제는 아버지가 떠나시고 어머니는 홀로 남았다. 나는 마음속으로 다짐했다. 앞으로는 우리 부부가 동행하겠다고. 외롭지 않게 적적하지 않게 곁에 서겠다고. 어머니는 내색은 하지 않았지만, 우리 내외가 함께 가겠다는 발걸음에 만족해하셨다.

아버지가 떠난 뒤 처음 맞는 4 · 3이라 그랬을까.

어머니의 뒷모습은 더 쓸쓸해 보였고 걸음에도 힘이 없어 보였다. 아버지는 생전에 어머니의 친정을 위한 일에 신경을 많이 써 주셨다. 암 판정받고 난 후에도, 임종을 앞두고도 해 놓아야 할 일들을 하나씩 정리하셨다. 어머니가 4 · 3 피해로 친정아버지의 유해를 못 찾아 가슴 아파하자 대신 기댈 수 있는 묘를 마련해 두게 하셨다.

"만주에 안중근 의사가 있었다면, 제주에는 현두선 장군이 있었다." 김구 선생께서 직접 했다는 애국혼이 서린 역사의 무게가 가슴 깊이 밀려왔다. 시대의 비극이 곧 개인의 비극이었음을 다시 실감했다. 이 이야기를 남편에게 전해 들으며 어머니의 가족사가 아프게 다가왔다. 평화 공원 입구에는 유난히 커다랗고 큰 까마귀 떼들이 몰려와 있었다. 어머니는 불편한 다리를 이끌고 앞장서셨다. 간단하게 제를 올릴 음식 가방을 들고 뒤따라갔다. 묘를 깨끗이 닦고 정성으로 제를 올렸다. 어머니 얼굴에는 진지함 이상의 표정이 서려 있었다. 엄숙한 시간이 흘렀다. 오늘따라 어머니는 모든 음식을 고수레하라고 하셨다. 이제는 아버지가 안 계신 집으로 음식을 가져가지 않으셨다. 새로 생긴 음식이든 집에 있던 음식을 모두 나눠줘 버렸다. 비움으로 애도를 대신하는 것처럼 보였다.

"어머니, 여기 동쪽에 오셨으니 맛있는 점심을 드시고 가시게요." 흔쾌히 대답해 주셨다. 보리밥으로 만든 산나물비빔밥을 먹기로 했다. 어김없이 어머니의 의식대로 아버지의 물잔과 수저를 올려놓으셨다. 시장기와 함께 식사를 든든히

하기를 바랐다. 밥양의 반 이상을 남편에게 덜어 버렸다. 수척해진 모습 속에 만성 피로가 새어 나왔다. 차에 오르자 곧 잠이 드셨다. 졸고 있는 와중에 집으로 가서 차라도 마시고 가라고 하셨다. 가면서 그릇 상사에 들려 제사상을 사고 싶다고 했다. 미리 100일 탈상에 쓸 상을 준비해 놓겠다고 하셨다. 무엇이든 차근차근히 준비하는 꼼꼼한 분이셨다. 도착하니 문이 닫혀 있었다. 아쉬운 대로 다음에 다시 오자고 했다.

애월 집으로 들어서니 적적함과 쓸쓸함이 감돌았다. 얼마나 감당하기 힘들까 떠올려봐도 상상조차 할 수 없는 일이었다. 홀로 남겨진 집에는 두 분이 품어줬던 크나큰 온기의 반만이 느껴졌다. 차를 마신 후에 다시 오겠다는 말을 남기고 쉽게 떨어지지 않는 발걸음을 옮겼다. 아버지가 계실 때는 가볍게 갔었던 길이 이제는 무겁게 다가왔다. 혼자서 덩그러니 큰 집에 남겨져 있을 어머니가 나날이 작게 보였다.

4·3을 겪은 후유증은 평생 어머니를 괴롭혀왔다. 어머니는 아기 때 세상 전부인 아버지를 여의셨다. 그래서인지 단체로 움직이는 일에 유독 민감하셨다. 단체로 비행기를 타거나 이동하는 일을 하지 않으셨다. 그 트라우마가 평생 따라다녔고 남들이 다 하는 가족 여행 한 번 번번히 다녀오질 못했다. 단체로 다니지 말라고 해서 가족 여행차 갈 일이 있어

도 알릴 수가 없었다. 아이들은 왜 우리 가족은 여행 갈 일이 있어도 알리지 않냐고 궁금해했다. 아픈 상처를 극복하고 살아가기 위해 남겨진 자식에게는 내색하지 않았다. 누군가는 자기 삶을 고스란히 이해해 주리라 믿으며 살아간다. 내가 겪어보지 못한 일을 이해한다는 게 얼마나 어려운 일인지 나이가 들어갈수록 체감하게 된다.

어머니가 살아 계신 동안에 4·3 평화 공원에 동행할 날이 많이 남았다. 나는 그저 곁에서 가방을 들어 드리고 발걸음을 맞춰 드리고 싶다. 홀로 외롭지 않게 해드리려 한다. 가족이라는 힘을 꼭 붙들고 지내시기를 속으로 바랐다. 자식에게 의지하는 어머니의 강인함은 눈보라 속에 피어나는 겨울꽃과 같았다. 아버지와의 금실이 좋다 보니 어머니를 내심 걱정했었다. 나 역시 상상이나 할 수 없는 일이기 때문이다. 우리가 곁에 있는 가족들 덕분에 행복함을 느낄 수 있듯이. 곁에 있는 공기와 같이 고마움을 모른 채 살아가기 마련이다. 글을 쓰는 동안 이런 소중한 가치를 되새김질하게 되었다. 그러면서 충분한 애도를 하고 아픔을 극복하고 있다. 글을 쓰길 참 잘했다는 생각에는 변함이 없다.

어머니를 만나 뵈러 가면서 여태껏 듣지 못했던 과거의 이야기를 듣게 되었다. 그 속에 지금의 우리를 예견하지 못한 어리고 나약한 내가 있었다. 아버지의 애도 글을 쓰는 동안 나를 만나는 과정이기도 했다. 과거의 어느 모퉁이에서 울고 있던 나를 여러 번 마주했고, 그때마다 내면 아이를 안아주었다. 수많은 죽음을 겪고 슬픔에 빠져 있던 나를 힘껏 안아주었다. 어머니 역시 회고의 시간을 더듬어가며 기쁨과 슬픔이 교차한 삶의 의미를 다시 발견하고 있었다.

"어머니, 내일 이야기 다시 들려주세요."라는 인사는 건강에 대한 안부이자 앞으로도 건강하게 살아가셔야 한다는 다짐이기도 했다. 다음 해 찾아가게 될 4·3이 기다려진다. 그때 어머니의 모습은 어떻게 변해갈지 그려보았다. 세월이 흘러갔다는 뜻이기도 할 것이다. 평화 공원에 자주 찾아오지는 못해도 잊지 않고 있다는 것이 뜻깊은 일이란 걸 새삼 알려준 날이었다. 4·3의 기억 속을 함께 걷는 일은 과거를 애도하는 의식이자 서로의 곁에 남아 있겠다는 조용하고 단단한 약속이다.

 할아버지가 남긴 새

그림책 킨츠기

우연이 아닌 동시성처럼, 꼭 이 순간에 예정되어 있던 강의가 나를 찾아왔다. 나는 킨츠기 그림책 강의를 듣기 위해 서둘러 발걸음을 옮겼다. 그림책 웰다잉을 지도하시는 임경희 작가님께서 제주에 오신다는 소식을 들었기 때문이다. 애도의 에세이를 집필하며 나는 요즘 유난히 많은 '죽음 그림책'을 만나고 있었다. 죽음을 어떻게 바라보고, 어떤 태도로 견뎌 내는지, 서로 다른 시선을 볼 수 있었다. 이 일은 애도의 시간을 통과하는 내게 큰 도움이 되었다. 그중에서도 '킨츠기 운동'을 벌이는 작가님과 함께 그림책을 읽고 나누며 활동하는 시간을 갖게 되어 매우 뜻깊었다.

강의가 시작되자 "킨츠기란 킨은 금이고 츠기란 이어 붙이다 라는 뜻의 일본어에서 왔어요. 깨진 것을 숨기지 않고, 오히려 금으로 이어 붙어 그 상처를 드러내는 방식이에요. 이 책을 쓴 작가님은 아사 와타나베입니다."라고 설명하셨다.

그림책에 대한 제목부터 풀어주었다. 간단한 설명이었지만, 그 한마디가 묵직하게 전해져 왔다. 참가자분들과 함께 그림책 한 장 한 장을 보고 있으려니 혼자 읽을 때는 보이지 않던 장면들이 사람들 사이의 숨결 속에서 살아 움직이기 시작했다. 그래서 그림책은 여러 세대를 거쳐 함께 보아야 하는가 보다. 책장을 넘길수록 내 안에는 잔잔하지만 강한 역동이 일어났다.

올해 나는 두 번의 이별을 겪었다. 2월에는 시아버지께서 세상을 떠나셨다. 11월에는 대구의 큰아버지가 임종하셨다. 그리고 딱 지금의 내 나이에 친정아버지가 세상을 떠나신 지도 어느덧 30년이 훌쩍 지났다. 난 길고도 긴 어둠의 터널을 뚫고 지나가고 있다. 그러함에도 견디고 버틸 수 있었던 것은, 곁에 있는 원가족의 사랑 덕분이었다. 그림책 속 토끼가 앞으로 나가려는 희망을 놓지 않았던 것처럼. 나 역시 완전히 무너지지 않고 여기까지 올 수 있었다. 결국 희망을 되찾고 집으로 돌아오는 토끼의 용기에 박수를 보냈다.

이 글을 쓰는 행위 자체가 나에게는 또 하나의 킨츠기 작업이 되어 주었다. 작가님의 말이 이어졌다.

"틈이 벌어져야 그 사이로 빛이 들어올 수 있어요." 그리고 또 다른 한 마디. 작가님 말의 의미를 되새겨 보았다. "살면서 닥친 난데없는 상황에서도 희망을 놓지 않고 살아가는 힘을 가져야 합니다." 그 말은 충분한 애도가 되어 내 안에 스며들었다. 글이 없는 그림책이라 서로 많은 생각을 묻고 답할 수 있었다. 그 과정에서 미처 보이지 않던 것들에 대해 새로운 시각으로 볼 수 있었다.

책을 다 읽고 난 후에 활동하기 시간이 마련되었다. 나눠 준 도자기 사진을 우리가 겪은 슬픔, 상실, 상처라고 생각하며 찢어 나갔다. 그 후에 검정 도화지에 원래대로 붙여서 상처받은 나를 복원시키는 시간을 가졌다. 이어 붙인 흔적과 남은 슬픔을 금색으로 칠해 보았다. 그림을 그리기도 하고 스티커를 붙이며 조심스럽게 보듬어 주었다.

의미 있는 활동을 통해 슬픔의 시간으로만 머물지 않고 고통 속에서 성장한 나를 마주하게 되었다. 상처받고 마음 아팠던 시간을 이겨내며 삶의 기쁨을 얻었다. 깨어진 균열과 틈이 있어야만 밖으로 내미는 여력이 생긴다는 와비사비라는 철학을 배웠다. 충분한 애도의 시간 속에 특별한 킨츠기 활동은 나를 단단하게 만들어주었다. 슬픔을 극복하고 희망의 끈을 놓지 말아야 한다. 금으로 이어 붙여 놓아도 여전히 삶은 상실의 연속이며 불완전하다. 그 안에서 깨닫고 성찰하며 성숙해져 간다. 그림책 속 토끼처럼, 다시 평범한 일상으로 돌아가는 용기를 배울 수 있었다.

애도 에세이를 쓰는 이 시기에 이렇게 의미 있는 그림책으로 충만한 애도의 시간을 보낼 수 있었다는 사실이 고마웠다. 그림책 심리 치유 지도사로서, 이 경험을 시니어 수업에도 꼭 접목해 보고 싶어졌다. 작가님의 말씀처럼 킨츠기 운동을 더 넓게 펼쳐 나가야겠다는 다짐도 생겼다. 문득 어머니와 이 그림책을 함께 보면 어떨까 하는 생각이 떠올랐다. 이번 주말에 찾아뵐 때, 잊지 말고 갖고 가서 보여드려야겠다. 어떤 다양한 이야기가 나올지 궁금해진다.

마지막 소감 발표 시간이 찾아왔다. 내가 만든 킨츠기 작품으로 이야기를 나누자, 작가님이 말씀하셨다. "오늘 만든 이 킨츠기 사진을 자서전적 애도 에세이 한 장에 꼭 담아보길 바랍니다." 가슴이 충만해졌다. 나는 이미 마음속으로 그 장면을 그리고 있었다. 글 뒤에 이어질 한 장의 사진. 이제 그 사진은 하나의 작품이 되었고, 특별한 애정이 깃들었다. 아버지에게 바치는, 작은 며느리의 마음이기도 했다.

담담하지만 단단하게, 조심스럽지만 숨어 있지 않은 금빛 봉합선들이 내 인생에도 그려지길 바란다. 상처는 흠이 아니라 다시 새롭게 태어나는 길이라는 것을 조용히 배웠다. 내 봉합된 금빛 선들은 이렇게 말해 주었다. "괜찮아, 이 자리도

네 이야기야. 그러니 너무 오래 슬퍼하지 마.”

킨츠기는 나에게 물었다. “진짜 슬픔을 견디고 희망을 찾는다는 것은 어떤 것이지?” 그것은 잘 버티고 견뎌낸 흔적에서 고통을 이겨내는 것이라고. 상처를 무턱대고 없애는 대신 상처가 지나간 길을 하나의 문양처럼 새겨 넣는 지혜. 그림책 속 장면들과 함께 따뜻하게 번져왔다. 상실은 누구에게나 갑작스럽게 찾아오고, 마음은 조용히 금이 간다. 하지만 그림책은 조용히 속삭인다. “깨진 자리가 끝이 아니야. 여기서 다시 반짝일 수 있어.” 그러니 인생에 난 금은 숨겨야 할 상처가 아니라 상실을 통과해 다시 살아가고 있음을 증명하는 빛나는 삶의 무늬다.

잃어버린 것, 떠나 버린 것만 바라보던 시선이 조금씩 바뀌며, 남아 있는 것들과 다시 손을 잡게 되있다. 슬픔을 이겨내는 것은 그 상처를 품은 채 더 넓어지는 과정이라고 킨츠기는 말해 주고 있었다. 내가 애도의 시간을 갖고 이겨 나가고 있듯이. 상실은 끝이 아니라, 다시 삶을 이어 나갈 수 있도록 바닥을 단단히 다지는 시간이다. 활동을 마치며 깨달았다. 이것은 단순한 물리적 복원이 아닌 금이 간 자리마다 아픔을 이겨내는 정신적 힘을 새겨 넣는 일이었다. 우리가 겪은 금들은 어둠에서 빛으로, 상실에서 성숙으로, 깨어짐에서 온전함으로 가는 방향을 가르쳐 주고 있었다.

마지막 선물

아버지가 암 판정받은 뒤, 잠시 장기 입원한 적이 있었다. 그동안 열한 개의 용종을 제거하는 시술도 함께 받아야 했다. 아버지는 그 일을 "몸에 불필요한 걸 떼 내는 거지."라며 담담하게 받아들였다. 그 말에 우리도 애써 마음을 다잡았다. 온 가족이 모두 모여 시술이 잘 끝나기만을 기도했다. 시간이 길어질수록 불안은 점점 커졌고, 말없이 서로의 얼굴을 바라보며 마음을 붙들었다. 깊은 수심이 소리 없이 내려앉았다.

어머니는 애월에서 두 분이 필요한 일상 용품들과 깨끗한 이부자리를 챙겨 오셨다. 워낙 깔끔한 어머니는 병실 생활에도 집을 옮긴 것처럼 지내셨다. 2인실이다 보니 처음 병원으로 올라가는 날은 옆 병실 분들까지 살뜰히 챙기셨다. 부드러운 카스텔라를 사 들고 병원 안으로 들어섰다. 야윈 아버지의 얼굴이 눈 안에 들어왔다. "아버지, 어디 불편한 데 없으세요? 고개만 저을 뿐이었다. 이 와중에도 "밥 먹어!"라는 아버지의 변함없는 사랑의 말이 울컥하게 했다.

오후가 되어 시누이들이 모두 모이게 되었다. 언니들은 병간호를 도맡아 하는 어머니의 건강을 걱정했다. "병간호하는 사람이 제일 힘들어요. 그러니 잘 드셔야 해요."라며 건강식을 추천했다. 고생하시는 어머니를 모시고 아주 오랜만에 아버지 없이 식사하러 나갔다. 어머니는 피곤한 기색 없이 맛나게 드셨다. 기분이 조금 나아질 무렵 조심스럽게 말씀하셨다. "아버지 파자마를 사고정 허다이. 금방 찬 바람 불민 화장실 댕길 때라도 또뜻허게 입고 댕겨 시믄 해서…." 말끝을 흐리시는 어머니를 모시고 곧장 비비안 속내의 가게로 갔다. 아버지의 고운 잠옷을 고르다 보니 자연스레 어머니 잠옷에도 눈길이 갔다. 나의 로망이 투영되었는지 노부부가 같은 잠옷을 입고 있는 모습이 영화처럼 떠올랐다. 나는 같은 디자인의 잠옷 세트를 골라 권해 드렸다.

부끄럼이 많고 옷에 대해선 실용주의이신 어머니는 극구 사양하셨다. 괜찮다고 하셨지만, 눈길은 잠옷을 향해 있었다. "이것도 실용적으로 잘 입게 될 거예요."라며 설득하자 끝내 어머니의 잠옷도 사는 데 성공했다. 비슷한 잠옷 세트를 사드리니 흡족해하셨다. 그 고운 잠옷을 사 드린 지 얼마 되지 않아 곧 추워졌다. 밤마다 두 분이 세트 잠옷을 입으신

   할아버지가 남긴 새

모습을 상상하니 기분이 좋아졌다. 그러나 몇 번 찾아뵙지 못한 사이, 더 매서운 겨울이 들이닥쳤다. 그해 겨울은 유난히도 추웠다.

아버지는 잠옷을 몇 번이나 어머니와 같이 입으셨을까. 돌이켜 보니 며느리로서 내가 아버지께 사드린 마지막 선물이었다. 소소하게 사다 드린 과일이며 음식을 제외하면 해 드린 것보다 받은 것이 훨씬 많았다. 아버지는 칠순 때 어머니를 비롯한 딸, 며느리들에게 고운 한복을 맞춰 주셨다. 팔순 때도 열 돈짜리 금팔찌를 똑같이 해 주셨다. 그 외에도 밭이며 유산까지, 생각해 보지도 못했던 것을 남겨주셨다. 물질적인 풍요로움이었지만, 그 안에 담긴 사랑의 무게 때문에 마음은 더 벅차올랐다. 헤아릴 수 없는 부모님의 사랑이 담겨 있었다. 평생을 고생하시고 끊임없이 주고만 싶은 부모의 마음을 아는 나이가 되었다.

아버지께 "잠옷이 마음에 드세요? 잘 입고 계세요?" 한 번도 묻지 못했다. 추운 겨울을 넘기자마자 아버지는 다시 병원에 오는 일이 잦아졌다. 그러면서 겨울은 끝을 향해 갔다. 그 잠옷을 입은 계절이 아버지의 마지막 겨울이 되어버렸다. 다시는 내가 사다 드린 잠옷을 입은 모습을 볼 수 없게 되었다. 아버지는 평소 작은 며느리가 사다 준 가을 점퍼를 즐겨 입으셨고, 겨울이면 두꺼운 콤비를 자랑처럼 입고 다니셨다.

사실 딸들이 더 많이, 더 좋은 것을 사다 드렸을 것이다. 그런데도 아무것도 아닐 수 있는 작은 선물을 좋아해 주신 게 가슴에 사무치게 남아 있다. 옷을 입을 때마다 "작은 며느리가 사준 거다."라고 말없이 표현하셨다. 부모는 받은 것보다 주지 못한 걸 마음에 담고 살아간다. 뒤늦은 후회는 작은 데서 시작된다. 남아 있는 우리가 할 일은 사랑 표현을 아껴 두지 않는 것이다. 그것이 부모가 자식에게 남기고 간 마지막 선물이다.

아버지는 좋다, 싫다는 불평이 전혀 없으셨던 분이었다. 그러니 옷을 좋아하시는 줄도 몰랐다. 어머니의 말을 듣고서 알게 되었다. 중요한 일로 나가실 때는 며느리가 사준 옷을 입겠다고 하셨다고. 작은 것 하나라도 갖다 드리면 소중하게 여기셨다는 걸 뒤늦게야 들어서 알았다. 아버지께 좀 더 살갑게 대하지 못했다. "아버지 어때요? 맛있으세요? 좋아 보이세요." 이런 상투적인 말만 할 뿐이었다. 우리 곁에 오래 계실 거라 믿었기 때문이다. 이럴 줄 알았더라면 나의 필살기인 애교를 더 부렸을 텐데. 시아버지였지만 친정아버지 못지않게 편안하게 대해주셨다. 어렵다기보다는 늘 편안한 분이었다. 친정아버지가 안 계시니 더 곁을 내주셨는지도 모를 일이다.

　아버지의 권위와 위엄을 모르고 편안하게 살았다. 그런 불편함이 없어서 더 가까이 다가갈 수 있었다. 시댁에서 같이 머물면 늘 종이와 연필을 꺼내 한 번도 손을 떼지 않고 새를 그려주셨다. 매번 다른 모양의 새를 수도 없이 그려주셨다. 그게 아버지와의 시간 속에서 우리가 받은 마지막 선물이 되었다. 아버지와 함께 산 7년의 세월은 평생 잊을 수 없는 시간이었다. 말없이 자식들은 아버지의 근엄함을 지켜드렸고, 아버지는 다정함 속에 녹아있는 존엄을 품고 계셨다. 따뜻함 속에 배어 나오는 책임과 도리를 다하며 살아오신 모습이 지금도 선명하다. 인자함 속에도 반드시 가족을 지켜내기 위해 애쓰셨던 날들이 떠올라 눈시울이 붉어진다.

　부족하기만 했던 작은 며느리를 그 누구보다도 따뜻하게 보듬어 주셨던 아버지. 한 인간으로 바르게 살아가도록 인정과 온기를 보여주셨던 아버지. 지금은 '아버지'라는 말이 허공을 맴돌 뿐이다. 가슴으로 불러도, 다시 불러봐도 대답은 없다. 이 글 속에서라도 존경했던 아버지를 목이 새도록 실컷 불러보고 싶다. '제게 시아버지로 와주셨던 생에 무한한 감사를 드리며 그 함께 한 인생이 얼마나 값지고 소중했던 시간이었는지 잊지 않겠습니다. 여기서는 모두 잘 지내고 있

고, 아버지의 가르침대로 살아가려고 애쓰고 있어요. 아버
지, 아무 염려 마시고 편안히 잠드세요.'라고 조용히 들려 드
리고 싶다.

또 하나의 상실, 재회

애도의 시간은 예상하지 못한 채 자주 우리를 찾아온다. 우리는 아버지를 떠나보낸 지 얼마 안 되어서 또 하나의 상실을 맞이하고 말았다. 비가 내리는 아침, 고향인 대구에서 부고가 전해졌다. 암 말기였던 큰아버지께서 투병 중에 쇠약해졌다는 말까지 들었었다. 시간은 더 이상 기다려 주지 않았다. 통증을 줄이기 위해 센 약을 투약하고 힘겨운 시간을 견뎌냈을 것이다. 시아버지도 향년 86세에 임종하셨다. 어찌 큰아버지도 같은 연세라는 게 믿어지지 않았다. 더 놀라운 것은 아버지의 임종 때처럼 또 그렇게 하염없이 비가 내렸다.

철두철미한 남편은 망설임 없이 비행기표를 알아봐 주었다. 주말이라 좌석이 없었다. 비싸지만 지체할 수 없이 바로 끊었다. 비 때문에 비행기는 지연되었고, 게이트가 변경되고 시간은 더 늦어졌다. 기다림이 길어질수록 몸보다 마음이 먼저 지쳐갔다. 벌써 피로가 몰려왔다. 하필 대구행 비행기는 기류 변화로 인해 심하게 흔들렸다. 고막이 터질 듯 아팠고 침을 삼켜야 겨우 균형을 되찾을 수 있었다. 심장이 벌렁댔다. 대구의 사촌 조카가 의정부에서 내려오는 길이라고 했다. 대구 공항을 거쳐 우리를 태우고 가기로 했다. 천만다행이었다. 내려서도 보훈 병원 장례식장까지는 아주 먼 거리였다. 피곤해서 쓰러질 것 같은 위기를 면했다. 그렇게 고비를 넘기고 도착할 수 있었다.

장례식장에 들어서자마자 큰아버지의 영정사진이 한눈에 들어왔다. 눈물이 순식간에 볼을 타고 흘러내렸다. 불과 몇 달 전에도 나는 아버지의 임종 사진 앞에서 눈물을 하염없이 흘렸다. 절을 올리고 난 후에 상주인 큰조카로부터 언니들을 한 명 한 명 안아주었다. "자주 찾아뵙지 못해 미안하데이. 고생 마이 했다." 부둥켜안고 쏟아지는 눈물을 삼켰다. 세월 속에 언니들도 많이 늙어 있었다. 이제 마지막으로 남은 작은아버지도 어느새 칠순을 훌쩍 넘겼다. 핏줄은 못 속이는 법인지 다들 닮아있었다. 인사를 나누고 그간의 안부를 묻고 이야기하느라 정신이 없었다. 할머니가 된 언니들 사이로 뛰노는 손주들이 보였다. 용돈을 손에 쥐여 주었다. 이 아이들도 자라서 핏줄이라는 걸 잊지 말라고 당부라도 하듯이.

세월이 무상하리만치 몇십 년 만에 만나도 끌리는 게 핏줄이었다. 나는 대학 시절 20대 초반을 대구에서 다 보냈다. 큰아버지 식구, 고모네 가족들과는 특별할 수밖에 없다. 끈끈하게 쌓인 정도 정이지만, 타지의 외로움을 견딜 수 있게 해 준 장본인들이었다. 주말이면 찾아갈 연고가 있다는 사실만으로도 큰 위안이 되었다. 밥 한 끼를 나눠 먹는 정 이상의 든든함이 있었다. 다들 잘 챙겨 주기도 했고 핏줄이라는 걸 상기시켰다.

친정아버지가 제주로 내려가시고 대구의 가족들은 몹시도 친정아버지를 그리워했다. 그걸 잘 아는 친정아버지는 "대구에 한 번 올라가야지."라고 자주 말씀하시곤 했었다. 평생을 고향인 대구를 그리워하다 가셨다. 형제자매가 멀리 있어 볼 수 없었다. 내가 제주를 떠나있어 보니, 고향이 사무치게 그리운 마음이 어떤 것인지 알 수 있었다.

밤이 깊어 잠을 청하기 위해 큰조카네 집으로 향했다. 선뜻 자기 집을 내어주었다. 오랜만에 만난 우리는 남편과 작은아버지 식구들과 둘러앉았다. 식구들은 지나온 이야기를 꺼내느라 밤이 깊어가는 줄도 몰랐다. 내일을 위해 눈을 좀 붙이기로 했다. 아쉬움이 발목을 잡았지만 어쩔 수 없었다. 자는 둥 마는 둥 아침에 서둘러 다시 장례식장으로 향했다.

일포(日哺)라 불리는 날이었다. 이날은 문상객을 모시는 날이다. 친지분들로 북적이는 사이 입관식을 마쳤다. 제주와 풍습이 많이 달라 힘들었을 남편은 묵묵히 따라 주었다. 내가 홀로 올라오는 길이 외롭지 않고 서글프지 않게 동행해 준 속 깊은 남편이다. 경황이 없는 나를 대신해 비행기표며 부의금을 살뜰히 챙겨 주었다.

멀리서 온 제주도 사위라고 챙겨 주는 모습에 흐뭇하기도 했다. "홍 서방, 이렇게 와 줘가 너무 고맙데이. 먼 길 오느라 고생 마이 했다." 대구다운 말투에 진심이 실려 있었다. 소주잔을 기울이며 사위들의 수다가 이어졌다. 큰집이든 작은 집이든 딸들이 많았다. 그런 박씨 부인들 사이에 착한 사위들이 있었다. 그날, 큰어머니는 요양 병원에 계신다는 이야기를 들었다. 올라온 김에 그나마도 건강할 때 만나 뵙고 가야겠다고 생각했다. 빠르게 면회를 예약했고, 다행히 일요일인데도 가능하다고 했다. 우리의 인연을 저버리지 않았다. 큰어머니야말로 대학 시절 나를 가장 환대해 주고 아껴 주셨던 분이었다. 식구는 많고, 재산이라곤 무일푼인 곳에 시집오셨다. 얼마나 고생했는지 말도 못 했다.

치매가 올 정도로 힘들게 삶을 이어 왔다. 요양 병원 면회장으로 들어섰다. 보자마자 한눈에 알아보셨다. "큰어머니,

저 누구예요?”, “현아, 현아 니가 여긴 우얀 일로 왔노?” 차분하다 못해 말끝이 단호하게 들리기도 했다. 딱딱 숨을 끊어가면서, 또박또박 말을 이어 나갔다. 오랜 시간이 흘러 다시 만나도 기억하고 있었다니 안도감이 들었다. 고생으로 굳은 손을 잡아드렸다. 손톱에는 빨간 매니큐어가 곱게 발라져 있었다. 희미하고 아련한 표정 너머로 무정한 세월이 흘러갔다. 평생을 고생만 하신 큰어머니는 우리가 사간 초코빵을 요구르트에 아이처럼 드셨다. “맛있다! 맛있다!”를 연발하며. 그 말을 듣는 순간 가슴이 미어졌다. 함께 간 작은어머니는 그 뜻을 다 알고 있었다. 육 남매를 낳아 기르느라 맛난 건 입에 넣어보질 못했다는 것을.

마음이 아려왔다. 자식들을 먹여 살려야 해서 당신 입에는 단 것 한 번 넣지 못했던 분이다. 눈물이 줄줄 흘러내렸다. “큰어머니, 다시 꼭 찾아올게요.” 언제 올 수 있을지 모르는 약속을 남기고 뒤돌아서야만 했다. 재회는 우연이 아니라, 마음을 먼저 내어준 사람에게 허락되는 선물이다. 헤어져 있어도 마음으로는 늘 만나는 게 가족이다. 그러니 사랑은 언젠가가 아니라, 숨이 닿는 오늘 건네야 한다. 그것만이 이별 앞에서도 인간으로 남는 유일한 방식이다. 낙엽이 뒹구는 길을 달리며 쓸쓸함과 서글픔이 몰려오는 걸 막을 길이 없었다. 그래도 치매지만 큰어머니 얼굴을 뵙고 가서 마음이 놓였다. 속으로 다시 찾아뵈야지 하는 다짐을 했다. 거짓말이 참말이 되는 날이 오리라 믿어보았다.

떠나는 길, 다시 만나는 길. 대구에서 두 길을 걸었다. 큰아버지를 좋은 곳으로 떠나보냈다. 남아 있는 큰어머니와는 다시 만났다. 인생이란 두 갈래 길에서 선택할 수도 없는 주어진 곳을 밟고 가는 것이다. 훗날 나 역시 두 갈래 길로 누군가가 찾아오고 갈 것이다. 주저함 없이 맞이하고 떠나보내야만 한다는 야속함이 가슴을 후벼 팠다. 마지막 이별하고 뒤돌아섰다. 이제 남은 피붙이는 작은아버지 내외와 다른 요양 병원에 계신 작은고모 한 분뿐이다. 그분들에게도 시간이 얼마 남지 않았다. 일곱 남매로 열네 명이던 친정아버지 가족이 고작 셋만 남았다니 속절없는 세월이 허무하게 다가왔다. 인생의 무게가 중력처럼 압박감으로 느껴졌다. 후회 없는 재회를 만들어야 한다. 못 뵙고 가지만 다시 나를 끌어당길 중력의 힘을 믿어본다.

돌아오는 비행기 안에서 남편이 말을 건넸다. "장모님 모시고 금, 토, 일 올라와서 병원에 계신 고모님, 큰어머님 모두를 만나 뵙도록 해드려. 그토록 뵙고 싶어 하는데, 못 보고 떠나시지 않도록." 아직도 마르지 않은 눈가에 눈물이 뜨겁게 타고 흘러내렸다. 아버지를 잃은 뒤, 가장 가슴 아픈 사람은 바로 남편이다. 그런 사람이 처가의 일을 자기 일처럼 여겨주었다. 마치 그 마음을 다 헤아리기라도 한다는 보살 같은 마음. 인간으로서 어떻게 살아가야 하는지를 보여주신 시아버지의 막내아들. 그가 바로 나의 사랑하는 남편이다.

"아버지, 제게 남편을 보내 주셔서 정말 고맙습니다."

허전한 첫 김장

시집을 와서 지켜본 진풍경 가운데 하나는 단연 시댁의 거대한 김장이었다. 김치 공장을 방불케 하는 어마어마한 양념과 삼백 포기가 훌쩍 넘는 배추를 절이고 담그는 일은 여간 힘든 일이 아니었다. 그 과정에는 어김없이 아버지와 어머니의 노고가 숨어 있었다. 자식들을 위해 뒤에서 고되고 번거로운 일은 두 분이 묵묵히 감당하셨다. 시부모님의 배려 덕분에 가장 뜻깊은 1년의 풍족함을 가져올 수 있었다. 김장하는 날이 정해지면 그 외의 모든 약속과 일정은 취소하거나 변경해야만 했다. 연중 가장 큰 행사라 해도 무방할 정도이다. 김장과 함께 빠질 수 없는 메뉴는 수육과 팥죽! 팥죽을 누구보다 좋아하는 내겐 김장보다도 팥죽에 더 관심이 많았다. 제사보다 잿밥에 관심이 많은 것처럼.

시골에서나 볼 수 있는 가마솥을 꺼내 팥죽을 끓이는 정겨운 풍경이 펼쳐졌다. 힘들고 고된 김장을 가족들이 한 명도 빠지지 않고 모두 모여서 가능한 일로 만들었다. 1년 치의 식량을 비축하는, 종갓집을 능가하는 대장정이었다. 김장하기 며칠 전부터 가장 힘든 준비를 도맡아 하신 분이 있었다. 마늘을 까서 빻는 일부터 배추를 절이고 씻는 일. 어머니 심부름이며 보조 역할을 완벽하게 해냈던 존재. 힘을 써야 하는 일이기도 했지만, 도무지 없어서는 안 되는 약방의 감초 같은 사람. 바로 아버지였다.

올해의 김장은 꽤 이른 시기인 11월에 했다. 아버지가 세상을 떠나고 처음 하게 된 김장이었다. 언니들이 미리부터 어머니와 함께 몇 날 며칠을 준비해 주었다. 어머니는 아버지의 빈자리가 더욱 크게 느껴졌을 것이다. 효녀들답게 어머니가 혼자 외롭고 힘들지 않도록 함께 준비해 두었다. 큰언니는 매일 드나들며 아버지의 역할을 대신해 주었다. 그 마음이 얼마나 고마웠는지 모른다.

김장을 하기로 한 날에 가서 양념을 비비는 일을 시작했다. 누가 먼저랄 것 없이 이구동성으로 아버지를 떠올렸다. 배추를 옮겨 주는 일, 양념을 떠서 앞으로 갖다주는 일, 김치통을 열어 담고 주변을 깨끗이 닦아서 차에 실어주는 일까지. 가장 중요하면서도 눈에 띄지 않는 일들을 아버지는 늘 말없이 해내셨다. 이제는 안 계시니, 복잡하고 손도 많이 갔다. 우리는 모두 아버지의 존재가 그리웠다.

"이런 걸 아버지가 뒤에서 다 알아서 조용히 해 주었으니, 얼마나 편했는지 알겠다." 시누이들도, 나도 이구동성으로 말을 주고받았다. 말없이 인정하는 어머니의 얼굴이 쓸쓸해 보였다. 늘 피곤해 보이던 어머니의 표정이 이날따라 더 주름져 보였다. 그날은 서귀포 작은 아주버님께서 오셔서 고생을 많이 하셨다. 작은 시누이 곁을 지키며 김장하느라 힘든 언니를 위해 이런저런 일을 도맡아 해주셨다. 아버지께서 해 주었던 일을 대신 해 주니 수월하고 빠르게 김치를 버무릴 수 있었다. 누군가 작은 손길을 더해줘서 편하게 일을 할 수 있다는 고마움을 떠나고 난 뒤에야 애절하게 느꼈다.

아버지가 어머니 곁에 계실 때, 당연하게 여기던 그 다정다감함이 새삼 그리워졌다. 남편도 나이가 들어 아버지처럼 도와주는 때가 분명 오리라는 실낱같은 희망을 떠올려보았다. 김장하는 동안에 아버지와의 함께했던 추억을 하나둘 꺼내 놓았다. 무엇 하나 아버지의 손길이 안 닿은 곳이 없었다. "집에서 냉장고를 열든, 서랍장을 열든 아버지의 손 글씨로 써서 테이프를 붙여준 통들이 여기저기 많이 보여요."라고 말했다. 시누이들은 "딸들한테는 안 보내도 며느리에겐 뭘 그리 많이도 보냈냐?"라며 우스갯소리를 했다. 콩 한 쪽이라도 공평하게 나누는 분이라는 걸 잘 알기에 할 수 있었던 농담이었다. 모두 다 웃고 있지만 눈시울이 붉어져 있었다.

우리는 아버지에게 받은 사랑을 가슴 깊이 묻어두었다. 살다가 그 사랑이 간절해질 때가 있을 것이다. 그때 꺼내어 위로받을 수 있을 것이다. 마르지 않는 샘물처럼. 사랑의 샘물은 우리 아이들에게도 가르치지 않아도 전해져 온다. 그것이 바로 정서의 대물림이다. 받은 사랑을 다음 세대에게 되돌려 주어야 한다는 이치를 깨달았다.

끝이 안 보일 거 같았던 김장은 밤이 늦은 시간에야 마무리되었다. 어머니는 시누이들보다 먼저 가라고 배려해 주었다. 분주한 뒷마무리 속에서 아쉬운 인사를 나눴다. 시간이 늦어서인지 막내 손주까지 같이 가서 도와주니 이것저것 싸주셨다. 생전의 아버지께선 뭐라도 주지 못해 푸성귀 한 잎이라도 싸주라고만 하셨었다. 우리 시댁의 유전자는 무얼 주지 못해 안달인 '나눔'이 몸에 밴 사람들이다. 조카들에게도 자기 자식처럼 대하기란 쉬운 일이 아니다. 우리 내외뿐만 아니라, 아이들 세대까지 사랑받는 일은 전 생애에 얻을 수 있는 행운 중에 가장 큰 것이다.

먼저 서둘러 가라고 손짓하시니 며느리보다는 딸이 편했던 모양이었다. 언니들이 뒷마무리하느라, 분주한 사이 아쉬운 인사를 건넸다. 효녀인 언니들이 있어 마음이 놓였다. 이렇게 아버지가 안 계신 첫 김장은 허전함으로 가득했다. 어머니를 두고 올 때마다 느껴지는 알 수 없는 기분은 언제까지 계속될까. 사랑은 떠난 뒤에야 그 크기를 알게 되지만, 그 온기만은 여전히 남아 흐르고 있다.

추운 겨울을 대비한 김장은 너무 외롭지 않게 넘어갔다는 생각에 마음 한편이 따뜻해졌다. 아버지가 떠난 후의 첫 김장은 너무나 허전했지만, 우리가 받은 사랑을 다시 건네주며 살아가야 할 이유를 분명히 알려 주었다. 김장하며 웃고 떠들던 과거의 시간은 또 우리 아이들의 시간으로 이어질 것이다. 미래에도 서로 북적이며 사람 냄새를 풍길 것이다. 김장 김치를 먹을 때마다 아버지와 함께했던 시간이 다시금 떠오른다. 그 김치에는 아버지의 노고와 배려가 고스란히 녹아있다. 가슴 깊은 곳에서, 눈물이 조용히 타고 흘러내렸다.

  할아버지가 남긴 새

5장

마지막 손수건

생신날이 같은 두 분

이제는 남아 있는 어머니가 걱정되었다. 어머니를 모시고 시댁으로 향했다. 준비해 둔 영정사진을 들고 하귀 장례식장으로 가야 한다고 담담하게 말씀하셨다. 마치 예고된 일을 받아들이는 것처럼, 오래전부터 마음속으로 준비해 온 사람처럼 보였다. 그간의 삶을 살아내야만 알 수 있는 강인함이랄까. 묵묵히 쌓아온 내공이 느껴졌다. 내가 본 두 분은 유난히 금실이 좋은 부부였다. 결혼하고 시댁에서 신혼을 시작한 우리는 가장 가까이에서 다정한 노부부의 모습을 지켜볼 수 있었다. 한결같음이란 이런 모습에 붙이는 말이라는 것을 아버지가 떠난 뒤에야 알게 되었다.

더욱 놀라운 것은 두 분의 생신이 같은 날이라는 사실이었다. 어찌 같은 날에 태어나 부부의 연을 맺게 되었는지 해마다 두 분의 생신을 준비하는 자리에서 감탄하곤 했다. 많은 말씀을 나누지 않지만 얼마나 두 분이 서로를 아껴 주면서 애틋하게 살아가는지 생활에서 보여주셨다. 과하지도 부족하지도 않은 부부의 사랑이란 참으로 어려운 일이라는 걸 중년이 되어서야 깨달았다. 한 마디로 두 분과 한집에 살면서 나는 여태껏 부부간의 큰소리 한번 듣지 못했다. 어느 한때 두 분이 서로 불편해하는 모습이 보여도 얼마 오래가지 않았다. 그렇게 노년을 맞이해 가는 두 분의 모습이 한 편으로는 늘 그 자리에서 서로 마주하고 사시사철을 느끼는 은행나무처럼 느껴졌다.

세월은 흘러간다는 걸 실감하게 된 건 2000년 우리에게 새로운 생명이 찾아오면서였다. 큰아들이 태어났을 때, 어머니는 친정어머니가 해야 할 산후조리를 시댁에서 손수 해 주셨다. 미리 산에서 캐놓은 쑥부터 메밀, 아기를 위한 목욕 준비에서 성장까지 세심하게 손길을 내어주셨다. 두 분은 5월생인 막내아들의 첫 손주가 행여 더워서 땀띠라도 생길까 봐 처음으로 에어컨이라는 걸 사주셨다. 우리는 제주시로 이사할 때 작동도 되지 않는 이것을 갖고 와서는 26년이 지나도록 버리지 못했다. 조부모의 사랑을 훈장처럼 거실에 매달아 두었다.

이것 말고도 두 분이 주신 사랑은 하나하나 셀 수조차 없다. 받은 만큼 못다 한 우리 가족 모두의 효도는 마음을 더욱 아프게만 한다. 집안 곳곳에는 아버지의 손길이 닿지 않은 게 없을 정도다. 특히 부엌에는 아버지가 직접 써서 붙인 복숭아, 매실 효소들, 고사리, 콩가루 비닐 위에 쓰인 아버지의 고운 필체들, 냉장고 안을 열어도 아버지가 써놓은 글씨들이 가지런히 놓여 있다. 무 하나, 푸성귀 하나라도 일일이 손수 깨끗하게 씻어서 보내주셨다. 두 분이 마늘을 손수 까서 일일이 다 빻아서 얼릴 수 있도록 만들어서 보내 주셨다. 자식들을 위해 같은 날 태어나서 같은 일을 손발 맞춰가며 평생을 함께해 오신 두 분이었다.

일하며 바쁠 자식들이 안쓰러우셨던 걸까. 두 분의 가슴 사무치는 손길 속에서 우리 가족은 늘 편안하게 살고 있었다. 부모의 사랑을 다 갚는 일은 불가능하다. 다만 뒤늦은 후회만은 남기지 말자고 다짐했었다. 더 자주 찾아뵙고 더 많은 시간을 함께 보내려 애썼다. 그러나 아직도 갚아야 할 은혜를 뒷전으로 한 채 아버지는 너무 빨리 떠나 버리셨다.

태어난 생일이 같은 두 분은 신기한 인연처럼 느껴졌다. 부부가 같은 날 태어나서 평생을 함께 사는 확률은 과연 얼마나 될까? 결혼한 후 시부모님 생신은 늘 한 번에 치러졌다. 시댁은 워낙 집안의 대소사가 많은 종갓집 수준이었다. 아니 그 이상처럼 여겨질 때도 많았다. 그런 가운데서도 수많은 행사 중 두 분의 생신날이라도 한 번으로 줄이신 것처럼 느껴졌다.

아버지가 가시는 곳엔 늘 어머니도 계셨다. 아버지가 안 가시겠다고 하면 물론 어머니도 나서지 않으셨다. 두 분은 항상 같이 다니셨다. 다정하게 보였고, 서로 챙기는 모습이 늘 보기 좋았다. 생신 선물을 고르려 하면 아버지는 어머니 것을 사라 하셨다. 질세라 어머니는 늘 아버지 것이 우선이었다. 부부가 일일이 의논하면서 맞춰가는 일이 얼마나 어려운지. 우리는 부부가 되어 보니 알 수 있었다. 그런데도 두 분은 늘 그림자처럼 함께 다니셔서 한 분만 있을 땐 자연스럽게 나오는 질문이 있었다. "아버지는요?", "어머니는요?" 아마도 우리가 가장 많이 주고받은 말이었을 것이다.

그렇게 생일도 같고 서로를 아끼며 평생을 함께할 것만 같았던 언약이 빛을 잃었다. 그래서인지 남겨진 어머니의 마음이 어떠할지를 헤아리는 일은 가장 고통스러웠다. 아버지가 떠나신 후 어머니는 어머니의 방식대로 애도를 이어 가셨다. 언제, 어디서건 아버지와 늘 함께하셨다. 식사 시간에는 꼭 수저 두 벌을 나란히 놓으셨다. 심지어 밖에서 식사할 일이 있을 때도 예외는 없었다. 물컵도 늘 두 개였다. 그렇게라도 아버지의 영혼을 붙들고 싶었을까? 먼저 멀리 가버리는 게

     할아버지가 남긴 새

못내 서운하셨던 걸까? 그건 어머니가 지켜야 할 하나의 의식이 되었다.

어머니는 어머니만의 방식대로 애도하고 있었다. 지켜야 할 건 붙들어 있고 보내 버려야 하는 건 또 훌훌 잘 털어내는 중용의 평정심을 지니고 계셨다. 참고 있는 것인지, 참아야만 한다고 여기는 건지 모를 강단이 느껴지기도 했다. 감정에 휘둘리지 않는 모습에 안심되어야 하는데, 불안이 감돌기도 했다. 다가올 백일 탈상을 위해 나름 아버지가 좋아하시던 음식을 하나하나 떠올리며 미리 장만하셨다. 그 기억들이 어머니를 버티게 하는 힘처럼 보였다.

아버지는 어머니에게 어떤 마지막 말을 남기셨을까. 그리고 어머니는 어떤 말을 건네셨을까. 아마도 아주 많은 세월이 흐른 뒤에야 물어볼 수 있는 질문일 것이다. 그 말은 내내 마음속에서, 입가에서 맴돌기만 할 뿐이다. 가장 사랑했던 사람이 떠나면서 남겨준 말은 아마 사람마다 다를 것이다. 그 차이는 아마 사랑의 강도도 아닐 것이고 사랑의 빈약함도 아닐 것이다. 다만 함께한 세월을 두 분이 살아오면서 서로 아는 언어로 주고받았을 것이라 짐작이 된다. 아버지가 다정다감하셨고 어머니가 극진히 잘 모셔 주어서 우리에겐 더 각별해 보이는 마지막 사랑의 인사. 먼 훗날, 어머니와 마주하면 떠올릴 수 있을지 다시 어머니의 연로함이 걱정되었다.

"있을 때 잘해."라는 젊은 세대의 유행어처럼 느껴졌던 이 말이 두 분 앞에서는 무색해진다. 두 분은 말이 아니라 삶으로 서로를 사랑하셨다. 가르치지 않아도 보고 배울 수 있는 무언의 가르침이었다. 부부란 당연히 잘해야 한다고 되물을 것 같은 사랑 앞에서 우리 부부도 닮아 가보려 애쓰고 있다. 어쩌면 유전자처럼 흘러 내려온 것인지도 모른다. 그 조용한 사랑의 인사를 건네던 노부부의 병실에서 짧았던 시간 앞에 다시금 눈시울이 붉어진다.

같은 날 태어나 서로의 생이 된 두 분은 사랑이란 거창한 말이 아니라 평생을 함께 놓는 수저 두 벌 같은 것임을 보여 주셨다. 남겨진 사랑은 사라지지 않고 매일 식탁의 일상으로 돌아온다. 두 분의 같은 날 태어나 평생을 같이한 인고의 세 월을 배워가고 싶다. 잘 산 부부의 모습은 말로 남지 않는다. 살아 있는 이들의 삶에 스며들어 천천히 닮아가게 만든다. 그래서 사랑은 잊히는 게 아니라, 가슴 속에 조용히 자리 잡 는다.

애월리 당 동네

남편의 고향은 애월리 당 동네. 아름드리 퐁낭이 멋들어지게 펼쳐진 뒷동산을 배경으로 고즈넉하고 깔끔한 애월 집이다. 시부모님 두 분의 삶을 고스란히 보여주는 새로 고쳤다는 집은 항상 깨끗하고 단정했다. 그렇게 살아온 두 분을 그대로 닮은 집이었다. 그리고 나의 남편이 나고 자란 곳이기도 하다. 뒷동산 퐁낭에서 놀다가 떨어지기도 했다던 이곳은 삼대를 이어 우리 아이들도 모두 나고 자란 곳이라 의미가 더욱 깊다. 정확히 말하면 애월은 아버지가 9대째 사셨다고 했다. 그러니 남편은 10대, 아이들에겐 11대째인 셈이다. 매우 유서 깊은 곳이다.

안채 바깥채로 거주 공간이 있어서 우리는 신혼 생활도 여기서 시작했다. 우리가 사랑을 싹틔울 수 있게 해 주었던 고마운 곳이다. 삶이라는 것을 가르쳐 주었고 인간으로서 온전하게 살 수 있게 해 주었다. 그곳에서 우리는 시부모님의 보살핌 속에 어른이 되어가고 있었다. 봄날의 꽃들과 무화과, 여름의 태풍을 견뎌 내며 인내를 배웠다. 가을의 노을을 맞이했고 겨울의 눈 쌓인 마당은 기다림을 배우게 했다. 인생을 무르익어가게 해 준 근원지였다.

아버지의 어린 시절은 어떻게 기억되고 있을까? 한 번도 여쭤보지도 못했다는 것을 아버지가 떠나고서야 알게 됐다. 왜 아버지에게 어린 시절의 그 아이에 관해 물어보지 못했을까? 아버지에게 애월은 또 어떤 곳이었는지 문득 궁금해졌다. 태어나 어린 시절을 어떻게 보냈는지, 성인이 되도록 무얼 했는지? 물어볼 엄두를 내지 못했다. 아마 삶의 터전으로 기억되었을 곳이라 짐작해 본다. 같은 공간에서 서로 다른 기억을 갖고 살았을 우리는 그 시절을 아무것도 모른 채 지나왔다.

애월!

중학 시절, 남편은 첫사랑인 내 이름을 기억해 주었고 결혼으로 이어질 미래를 예견했던 곳이다. 같이 졸업한 애월중학교가 있는 곳, 우리가 처음으로 서로의 존재를 알게 해 준 곳이기도 하다. 그가 나의 이름을 불러주어 서로를 인식하고 첫사랑이 시작되었던 곳. 고작 열네 살에 운명적인 만남이 이루어지리라곤 상상도 못 했을 일이다. 그 어리고 수줍음 많던 남학생과 여학생은 얼마나 서로를 기억하며 살았을까? 열네 살이던 내가 바라본 까까머리의 중학생은 항상 애월 그곳에서 여러 번 보였다. 쌀가게를 하던 아버지, 유난히 남편은 아버지를 닮아있었다. 버스를 타고 가던 하굣길에 창 너머로 보인 아버지는 남편과 데칼코마니가 되었다. 먼 미래의 중년이 된 남편의 모습을 이미 오래전 그때 그곳에서 보았었다.

학업의 긴 시간에 충실하던 사이 대학을 갔고, 우리는 다시 만날 수 없는 물리적 거리를 두고 말았다. 대구에서의 대학 생활과 졸업 후, 임용을 보면 대구에서 교편을 잡고 삶을 이어가리라 맘먹고 떠났던 제주였다. 친정아버지의 바람대로 친가가 있는 대구에서 뿌리를 내리라는 약속을 지키려 했다. 그러나 친정아버지는 먼 물리적 거리를 좁혀주었고 우리를 다시 만나게 하고 떠나가셨다. 만약 그때, 그 나이에 유명을 달리하지 않았다면 우리의 인연은 어떻게 되었을까? 종국에, 친정아버지는 우리의 운명적 만남을 만들어 놓고 가신 격이다. 친정아버지의 장례 후, 대구에서의 임용을 포기하고 친정엄마의 소원대로 곁을 지키기로 마음먹었다. 대구로 다시 올라가지 않았기에 우리의 만남은 이루어질 수 있었다.

애월 읍내와 가까운 친정엄마의 고향은 금성! 나의 어린 시절의 제주살이가 고스란히 남아 있는 곳으로 이사를 왔다.

　할아버지가 남긴 새

아마도 우리는 조금씩 그렇게 물리적 거리를 좁혀가고 있었다. 내가 바라보는 하늘, 바다, 한라산을 남편도 근처에서 바라보고 있었을 것이다. 행여나 마주치는 기적 같은 일을 기대하지는 않았다. 우리의 이끌림을 막을 이도, 주관해 줄 이도 없었다. 우리의 운명을 알고 있는 건 마냥 어리기만 했던 남학생과 여중생뿐.

그 무렵의 애월은 내가 집으로 가기 위해 거쳐 가야만 하는 마을 읍내. 그 이상도 이하도 아니었지만 결국 운명은 나를 그곳, 애월에 머물도록 이끌어주었다. 애월에서 데이트하던 온도와 습도, 기운과 분위기는 아지랑이처럼 피어올랐다. 남편의 체취와 함께 그의 모든 걸 품고 있는 곳이었다. 그래서인지 애월이라는 지명을 좋아하는 남편은 박목월 시인이 지어준 마을 이름 같다며 각별하게 좋아했다. 물기 애(涯), 달 월(月)! 달밤이 시리도록 아름다웠다. 우리가 데이트할 때 중간 지점에서 만나기 위해 자주 갔던 한담은 오작교가 되어주었다. 그곳의 견우와 직녀는 오작교에서 눈부시도록 아름다운 달과 셀 수 없이 빛나던 별을 하염없이 사랑했다.

그런 곳이다. 애월은 내게 인생 2막을 살도록 보금자리를 틀어주었다. 그걸 가능하게 해 준 버팀목이 존경하는 나의 시부모님이었다. 아버지는 막내아들과 막내며느리를 넓은 가슴으로 품어 주셨다. 아버지의 풍채, 커다란 손, 부처님 귀와 같은 재물복이 넘치는 큰 귀. 내겐 세상이 더 이상 하나도 무섭지 않은 안전 기지였다.

지금 와서 고백하건대 아버지가 밭일을 마치고 오시면 나는 그 커다랗고 커다란, 태어나서 처음 보는 그 손이 얼마나 나를 신비롭게 했는지 모른다. 아버지는 모든 것을 다 해내고도 남을 우주의 강인함을 그 손안에 품고 있었다. 그래서인지 나는 아버지 손을 잡아드릴 일이 우연히라도 만들어지기를 고대하곤 했었다. 그런데 그 손을 마지막으로 잡을 수밖에 없었던 2월은 나에게 가장 잔인한 달로 남아 버렸다.

애월 당 동네에서 사는 동안 시할머니와 작은아버지도 우리의 곁을 떠나가셨다. 이제 우리 아버지, 시댁에선 큰아버지도 떠나가신 곳이 되었다. 세월의 흐름을 타고 세대를 거듭나고 있었다. 이제는 더 이상 망설이지 말고 남아 있는 어머니, 남편 아이들에게도 애월은 어떤 곳인지 물어보고 싶었다. 단지 태어나서 자란 곳이 아니다. 어렴풋이 알고 있는 곳이 아니라 사무치게 그리운 고향이라는 이름이기에….

애월 당 동네는 세월이 몇 대를 거쳐 소멸하고 생성되었는지를 보여준다. 삶이란 끊임없이 이어져 나가는 것을 증명해준 곳이다. 그와 내가 사랑을 꽃피웠던 곳, 세월의 윤회를 연

거푸 돌고 돌아 흘러가는 것임을 넉넉히 품어 주고 있는 곳, 그 이름이 바로 애월 당 동네이다.

고향은 태어난 장소가 아니라 사랑과 이별이 겹겹이 쌓여 삶을 붙잡아 주는 기억의 뿌리다. 애월 당 동네는 한 가족의 여러 세대를 품어 주었다. 한 인간의 역사가 순환하는 곳이다. 아버지는 떠나도 삶은 끊기지 않고, 말없이 이어지고 있다. 그곳에서 사랑은 시작되고 상실을 견뎠으며, 다시 살아갈 힘을 배웠다. 당 동네는 역사 속으로 지나간 공간이 아니라 지금도 우리를 살아있게 하는 이름이다.

쓸쓸한 봄

잔인하리만큼 차가운 2월의 끝자락에서 3월 1일까지. 그렇게 하염없이 비가 내리며 지나갔다. 하늘은 며칠이고 멈출 줄을 몰랐다. 장례가 끝나고, 다시 일상으로 돌아온 우리는 봄이 설레는 계절이라는 걸 잊은 채 묵묵히 살아가고 있었다. 아니 차라리 견뎌내고 있다는 말이 맞는지도 모르겠다. 서로가 좋은 것만 기억하려 애쓰면서 또 상실의 아픔을 들키지 않으려고 조심하고 있었다. 그래서 강인함으로 무장하고 있는지도 모를 일이었다. 단단한 모습으로 절대 나약해서는 안 된다는 사명을 부여받았다. 남겨진 삶을 잘 살아내야 한다는 비장한 각오라도 세운 사람들처럼 보였다.

한 달쯤 지나서였다. 그제야 어머니는 "빈집에 혼자 있으니 쓸쓸하다."라는 말을 처음 입 밖으로 꺼내셨다. 그 말은 조심스러웠고 잘 참아온 끝에 겨우 허락된 한마디처럼 느껴졌다. 늘 두 분은 함께였고 금실이 좋다 보니 당연히 그럴 거

 할아버지가 남긴 새

라 여겨졌다. 막상 그 말을 듣자 마음이 덜컥 내려앉았다. 아무리 마음으로는 강하게 보이지만 그 속은 오죽할까 하는 기우가 맴돌았다. 누구라도 먼저 조금의 슬픔이라도 내비치면 울음바다가 될까 봐 다들 참고 또 참아내고 있는 사람들 같았다. 차라리 솔직하게, 담아두지 말고 내뱉어야 낫지 않을까 하는 생각이 스쳐 갔다. 그래서 나는 글을 써야겠다는 마음이 저절로 생겼다. 하고 싶었던 말, 참고 있었던 말을 글로 옮기면서 치유되고 있었다. 그렇게 이 애도의 글은 시작되었고, 글을 쓰는 동안 나 역시 조금씩 슬픔을 건너고 있었다.

자주 찾던 시댁이 큰 텅 빈 집처럼 느껴진 건 처음이었다. 아버지의 물건들과 짐들이 빠져나간 자리는 말 그대로 횡하니 빈 둥지 같았다. 그 속에 덩그러니 홀로 남겨진 어머니의 모습은 아주 작아 보여 마치 인형의 형상과 닮아있었다. 우리가 갈 때마다 분주하게 음식을 차리고 먹을거리를 꺼내 오시던 어머니는 이제 무력하게 앉아만 계셨다. "뭐 좀 드실래요"라는 물음에도 "경 먹어지느냐게? 먹히지도 안 햄쪄."라는 말만 되풀이하셨다. 심지어 집에 있는 먹거리를 가져가라고 모조리 다 싸주시곤 했다. 아버지와 나누었던 음식에 어머니의 마음이 더는 머물 수 없었다.

"어머니, 차차 노인정에도 나가시고 바깥바람도 쐬고 하세요."

안 그래도 그러려고 한다고 걱정하지 말라는 말씀 뒤로 다시 알지 못할 쓸쓸함이 우리를 감쌌다. 겨우 기운을 차리시나 보다 했을 때, 서울에 있는 큰손주에게 브로콜리 장아찌를 만들어 보내겠다고 하셨다. 간장과 설탕, 청양고추를 사 오라고 하셨다. 부엌에서 잔뜩 벌려놓고 요리하시는 모습을 보니 이제야 어머니다운 본연의 모습으로 돌아온 거 같아 마음이 놓였다. 그러면서 "뭐라도 멘들 거리나 장만허영 갖다 줄 걸 가져 오라이."라고 말씀하셨다. 일거리라도 있어야 그나마 몸을 움직이니까 좋다고. 잡생각도 안 나고 시간도 알차게 보낼 수 있었던 모양이었다. 그렇게 어머니는 하루하루를 견뎌내고 있었다.

어머니에게는 또 하나의 깊은 상처가 있었다. 4·3 때 친정아버지를 여읜 트라우마로 가족 단체가 비행기를 타거나 집단으로 이동하는 일에 대한 두려움이 컸다. 그래서 우리는 가족 여행도 제주 도내에서 했었고 육지로 모시고 가는 여행을 해 본 적이 없었다. 이상하게도 몇 년 전, 나는 시부모님과 우리 부부 이렇게 넷이서 육지 여행을 꼭 다녀오고 싶었다. 남편에게 시간을 좀 내달라고 했더니 그러겠노라고 대답했다. 하지만 어머니의 완강한 반대로 끝내 무산되어 버렸다. 가지 않아도 된다며 다닐 만큼 다녔다는 말로 우리의 뜻을 꺾어버리셨다. 자식으로서 우리 마음은 아직도 그때 강력하게 추진해서라도 다녀왔어야 했다. 그랬다면 이런 후회는 없었을 텐데 하는 아쉬움이 늘 가시처럼 박혀있다. 어머니도 혼자 되기 전에 추억 하나라도 더 만들어드렸으면 얼마나 좋았을까? 어머니도 아버지와의 그 추억으로 함께한 시간에 고마워하셨을 터이다. 그럴 줄은 누구도 몰랐으니까. 갑자기 모든 걸 갈라놓을 줄은 생각지 못했으니까. 우리는 위로 아닌 위로로 뒤늦은 후회와 아픔을 어루만져 주고 있었다.

혼자 주무시고, 혼자 식사하고 있을 어머니를 자주 떠올린다. 효녀로 둘째라면 서러운 시누이들 덕분에 외롭진 않겠지만, 웅성웅성 떠들다 다들 떠나고 나면 남아 있을 어머니가 자꾸 떠올랐다. 외로운 틈을 눈치챌 수 있는 사람은 어머니 외에는 아무도 없기 때문이다. 갈 때마다 느껴시는 쓸쓸함을 우리는 오래도록 견뎌내야 한다.

이 봄이 끝날 무렵이면 우리는 또 다른 시간 앞에 서 있을 것이다. 인생이란 알 수 없는 곳으로 흘러가지만, 그 안에서 살아내야 하는 무게는 누구에게나 공평하다. '산 사람은 살아진다.'라던 그 말이 우리 가족에게도 구원처럼 들리는 말이 되었다. 다시 맞을 여름, 그리고 가을, 겨울이 빠르게 지나 봄이 오면 1년의 기일이 찾아올 것이다. 이 애도의 글이 그 무렵 세상에 나올 수 있다면, 그것은 가장 큰 추모의 선물이 될 것이다. 아버지를 기리는 글이자 남겨진 가족 모두에게 애도의 한 방편이 되었으면 하는 나의 염원이기도 하다.

첫 나의 작품 『내 삶에 쉼표』가 출간되었을 때, 책의 첫 면에 긴 편지를 써서 시부모님께 보내드렸었다. 그리고 앞으로 더 좋은 글을 많이 쓰겠다는 약속도 했었다. 그런 나의 다짐은 부모님의 은혜에 보답하고 싶은 마음의 표현이기도 했다. 하지만 아버지는 그 약속을 다 받아보시지도 못한 채 우리 곁을 떠나셨다.

1년이 되는 날, 첫 제사를 정성껏 모실 수 있음에 감사드린다. 진정으로 누군가를 위해서 마음을 다해 추모할 수 있는 시간이 허락된 것만으로 삶의 깊이를 배울 수 있다. 모두가 그날의 책 속에서 아버지를 존경하고 사랑했던 마음을 읽어 내길 바랄 뿐이다. 가족들은 잊지 않고 있다고 아니 절대 잊을 수 없다고 말하고 싶다. 어머니를 비롯한 모든 가족이 책 속의 글과 사진으로 위로받기를 진심으로 바라본다.

"애도라는 것은 인간이 경험할 수 있는 가장 심오한 것이다. 사랑하는 사람의 상실을 슬퍼하고 그 사람의 기억을 계속해서 소중히 여기는 이 심오한 능력이 우리 고귀한 인간의 특징 중의 하나이다."(에드윈 슈나이드만) 이 말을 기억하며 살아갈 것이다.

애도는 슬픔을 지워내는 일이 아니라 사랑을 나누는 방식으로 계속 살아내는 일이다. 남겨진 사람은 무너지지 않기 위해 견디고, 견디는 사이 서서히 다시 살아진다. 쓸쓸한 봄은 그렇게 상실의 시간을 통과하라며 삶의 깊이를 가르쳐 주고 있다. 일 년의 시간이 흐른 후에 우리의 봄은 또 어떻게 기억될까? 기억하고 쓰고 함께 나누는 이 과정이 떠난 이를 가장 오래 사랑하는 방법임을 이제야 배운다.

마당에 핀 사랑초

어머니는 화초 키우는 걸 참 좋아하신다. 어떻게 하면 죽지 않고 저렇게 잘 가꾸는지, 특별한 재주라도 있는 건 아닐까 싶다. 평생 농사를 지어오신 분이라 땅과 식물의 마음을 아는 것이라 짐작할 뿐이다. 마당에는 사계절 내내 한가득 꽃들이 피어나고 화분마다 눈에 띄는 화초가 우리를 반겨준다. 심지어 집 안에도 화초가 소담하게 자리 잡고 있다. 물을 잘 줘서인지 화초는 예쁘게 잘 자랐다. 정성을 먹고 자란다는 말은 사람이나 화초나 마찬가지다.

그 많은 화초 가운데에서 유독 눈에 띄는 꽃이 있다. 바로 사랑초다. 희한하게 시댁에서 가장 잘 자라고, 사시사철 볼 수 있는 귀한 꽃이다. 짙은 자주색으로 아름다운 잎이 곱게 접혀 있는 모습이 사랑스러운 한 마리의 나비 같다. 꽃말도 '당신을 지켜주겠습니다.', '당신을 버리지 않을 거예요.'라는 뜻을 가졌다. 연약하지만 굳센 정절의 모습을 보여주는 고고

"

한 매력을 풍기는 꽃이다. 내가 먼저 발견하고 어머니께도 갖다 드렸다. 우리 집에서는 잘 자라지 못해 아쉬움이 컸었다. 그런데 시댁에서는 너무나 잘 자라주어 그 호젓함을 볼 수 있어 마냥 좋았다. 마치 낮에는 잎을 가지런히 접었다가 밤이 되면 붙었던 꽃잎이 벌어지는 신기한 꽃이다. 그래서 '밤에 사랑을 나누는 꽃'이라 하여 이름도 사랑초라고 지어졌다는 걸 어디선가 보았다. 말 그대로 아버지와 어머니 사이가 좋아서 잘 자란다는 생각을 속으로 하고 있었다. 사랑이 가득하면 사람도, 식물도 저마다 제 몫을 다해 살아가는 모양이다.

아버지가 떠나신 이후 시댁에 가면 가장 먼저 눈에 들어오는 것도 사랑초였다. 왜냐하면 마음 한편에 혼자되신 어머니의 외로움을 행여 사랑초가 눈치챌 것 같아 마음이 쓰여서였다. 지금처럼 그래왔듯이 잘 자라주기를 바라는 나의 기도가 통하기를 속으로만 빌고 있었다. 어머니의 입장이 되어 보지 않으면 그 아픔의 깊이가 어느 정도인지 모른다. 나는 아직도 덜 자라서인지 남편이 곁에 없다는 상황을 상상만 해도 숨이 쉬어지질 않는다. 그러니 이게 현실로 다가온 어머니가 느끼는 상실의 아픔은 가늠할 수도 헤아릴 수도 없다. 다만 외롭지 않게, 쓸쓸하지 않게 자주 찾아뵙는 일만이 유일한 위로일 뿐이다.

사랑초는 아버지와 어머니의 표본인 꽃이다. 두 분의 사랑이 한결같았던 것만큼 사랑초는 늘 그 자리에서 존재감을 뽐내 주었다. 배우고 싶은 사랑초의 꽃말처럼 '당신을 지켜주겠다'라는 말이 더없이 갸륵하게 느껴진 것도 아버지가 남기고 간 유산인 듯하다. 시댁에 살아서 우리 부부는 시부모님의 애틋한 삶을 가까이서 들여다볼 수 있었다.

어느 날인가 전해 드릴 말이 있어 안방으로 건너갔을 때, 아버지께서 그 커다란 손으로 누워계신 어머니를 주물러 드리고 계셨다. 노부부가 하루의 고단함을 서로의 온기로 풀어내는 모습 앞에서 나는 한동안 눈길을 뗄 수 없었다. 새댁이었던 내게 아버지가 어머니를 안마해 주는 건 대단히 인상 깊은 모습이었다. 그 장면은 오래도록 남아, 우리 부부도 어떻게 살아가야 하는지를 일깨워주었다.

그 후에도 오래도록 아버지는 어머니 곁에서 무거운 짐이나 힘을 들여야 하는 일은 손수 해 주셨다. 마치 소원을 다 들어주는 키다리 아저씨처럼. 심지어 나이가 드시고도 부엌에서 두 분이 나누는 정겨운 소리는 바깥채까지 들릴 정도였다. 함께 마늘을 까고 양파 껍질을 벗겼다. 자식들을 위해 바로 꺼내 먹도록 수고스러운 일을 묵묵히 도맡아 해주셨다.

자식들이 바쁠까 봐 번거로운 일을 직접 해 주시는 고마움이 이렇게 사무치게 그리울 줄 그때는 알지 못했다. 아버지는 필체가 워낙 좋아서 종이에 일일이 미숫가루, 콩가루, 메밀가루라고 글로 써서 테이프로 붙여서 보내 주시곤 했다. 직접 담근 수제 청인 복숭아, 매실 페트병에도 일일이 다 붙여주셨다. 발효되어 숨 쉬라고 병뚜껑에 구멍도 뚫어서 보내주셨다. 모든 것에 아버지의 손길이 닿지 않은 것이 없었다.

돌이켜 보면 늘 자식을 위한 노고나 수고로움을 아끼지 않으셨고, 감사한 마음을 전하면 누구보다 흐뭇해하셨던 인자한 아버지였다. 전해준 사랑의 십분의 일도 갚지 못한 게 죄스럽기만 하다. 한 인간으로 태어나 온전한 자식으로서, 부모로서 어떻게 살아가야 하는지를 몸소 보여주셨다. 세심한 사랑 속에 깃든 은혜를 소리 없이 베풀어주셨다. 그래서인지 보고 배운 대로 남편, 시댁 식구들은 가족애가 남달랐다.

내가 시집을 왔을 때 시할머님이 계셨는데 시댁 골목에서 맞은 편 골목으로 곧장 들어간 안집에 사셨다. 시부모님께서 극진히 잘 모시는 모습을 직접 보아왔다. 나이 드신 노모에게 아침저녁으로 문안 인사와 정성이 들어간 음식을 만들어다 드렸다. 새벽부터 농사를 짓느라 바쁜 일상이었지만 그런 와중에도 살뜰히 챙기셨다. 효심이라는 게 어떤 것인지 보여주고도 남았다. 하루도 빠짐없이 농사짓는 일을 위해 직장을 가듯 성실하게 사는 모습이 본보기가 되어 주셨다. 그렇게 열심히 일도, 봉양도 어느 하나 소홀히 하는 법이 없었다.

밭에서 돌아오실 때도 신기한 과실을 가지 채 꺾어 오시면 들어가시는 길에 전해주셨다. 아무것도 아닌 사소한 일들이, 그 순간의 소중함이 지나가고 나서야 더 아련해진다. 아버지는 밭에서도 귤꽃을 보고, 사시사철 자연 속에서 평생을 살아오신 덕에 화초나 새를 좋아하셨다. 누가 찾아와도 종이에 연필이든 펜이든 그릴 게 있으면 손을 떼지 않고 새 그림을 그려주셨다. 그 선의 속도와 새의 모양이 얼마나 완벽한지 모두 탄성을 질렀다. 이건 아버지의 유일한 필살기가 되었다. 가까이서 지켜보면 다 외워버릴 정도로 그리는 과정이 섬세하고 일순간에 지나가곤 했다. 우리가 아버지를 기억하는 가장 상징적인 유품이 바로 새 그림이다.

뒤늦게야 안 사실이었지만, 아버지는 새가 있는 카페에 가시는 걸 좋아하셨다고 했다. 화조원 카페에 가시면 수많은 새를 바라보며 얼마나 좋아하셨을지 아버지의 따뜻하고 편안한 미소가 떠오른다. 카페에 가시는 걸 좋아하리라고 상상도 못했었다. 일하고 바쁜 핑계로 시부모님을 뵈러 가면 돌아서 오기가 바빴다. 시간을 내어 오래 함께해 드리지 못한 것이 이

  할아버지가 남긴 새

렇게 가슴 아프게 할 줄 몰랐다. 그래서인지 남겨진 어머니라도 홀로 외롭지 않게 자주 모시고 다녀야겠다는 생각이 몰려왔다. 두 번의 후회나 아픔을 겪지 않기 위해서라도.

자식과 함께 따뜻한 차를 가운데 놓고, 살아가는 이야기를 나누는 즐거움이 얼마나 큰 행복인지는 부모가 된 지금 누구보다 잘 알고 있다. 그래서 내리사랑으로 이어지는가 보다. 조부모님의 사랑을 듬뿍 받은 손주들은 하나같이 또 부모에게 잘한다. 또 부모는 자식들에게 그 사랑을 그대로 전해 주려 애쓴다. 이렇듯 사랑이 넘치는 집, 사랑초가 피어있는 앞마당에는 예쁜 새들이 매일 찾아온다.

사랑은 말로 남기는 게 아니라, 한결같은 손길과 일상의 태도로 살아남는다. 마당에 피어있는 사랑초처럼 진짜 사랑은 조용히 자라 서로를 지켜주며 집 안 가득 온기를 남긴다. 그렇게 건네받은 사랑은 한 세대를 넘어 또 다른 사랑을 키워내는 씨앗이 된다. 사랑은 사라지지 않고 매일의 삶 속에서 다시 피어난다. 노부부를 닮은 사랑초는 여전히 어머니 곁에서 잘 자라고 있다.

할아버지의 화조원

살면서 아버지가 무얼 좋아하는지 어머니를 통해 듣는 게 다였다. 워낙 이게 좋다, 저게 좋다는 말씀이 없는 분이셨다. 비단 안 좋아도 묵묵히 그냥 받아들이셨다. 그래서인지 아버지의 취미도 몰랐고 뭘 할 때 행복해하시는 줄도 몰랐다. 가끔 종이를 펼치고 새를 그리시는 모습을 자주 볼 뿐이었다. 물론 그 시대에는 먹고 사는 게 바빠 가족들 생계를 이어 가느라 농사일만 해온 건 말하지 않아도 다 안다. 그렇지만 문득 아버지에게도 이루고 싶은 꿈이 있었을 거란 생각을 해보았다.

아버지는 제주의 남양 홍씨 장손으로 태어나서 섬 문화 특성상 장남의 역할을 충분히 해내셨다. 왜 배움의 기회나 혜택은 많이 못 받았는지 의문이었다. 왜냐하면 뛰어난 필체로 보아서는 학업을 해도 우수하게 잘했으리란 생각이 들기 때문이다. 웬만한 한자도 다 읽어내셨고, 아는 것도 많아 박학

다식하셨다. 어느 날인가 돌아가신 작은아버지가 그 당시 공주 사대 임용에서 떨어졌을 때 당사자보다 더 화를 많이 냈다고 했다. 한 번 빠져들면 엄청난 집중력을 발휘하셨다. 그런 분이니 동생도 시험을 위한 공부를 잘해서 합격할 것이라 굳게 믿었을 것이다. 일이든 공부든 장인정신으로 몰입했을 것이라는 데 누구나 고개를 끄덕이게 된다.

밭일 역시 끝을 봐야만 오시는 터라 밭에서 늦은 시각에 돌아오는 날이 많았다. 어머니도 그 뜻을 맞추어 억척스럽게 살아오셨다. 동네에서는 두 분을 두고 "참 대단한 분들"이라는 말이 자연스럽게 따라붙었다. 적어도 농사를 잘 모르는 내가 본 두 분의 삶은 밭일과 농사가 가족을 먹여 살리고도 남았지만 늦은 말년까지도 계속됐다는 것이다. 마치 직장을 나가야 하루가 시작되는 것처럼 그렇게 부지런하게 살았다.

시댁에서 함께 사는 동안은 우리가 충분한 증인이 되었다. 비가 오나 눈이 오나 나가시는 걸 보며 "좀 쉬면서 하세요."라는 말은 부모님과 나눈 가장 흔한 대화였다. "이제는 쉴 때가 되었어요. 농사는 그만 하세요."라는 말을 귓등으로도 듣지 않았다. 결국 어머니는 무릎 관절에 아픈 병을 얻고 말았다. 그에 비해 아버지는 마지막까지도 꼿꼿하셨다. 어디가 특별히 아프다는 말씀이 없었던 걸 보면 어머니가 얼마나 잘 모셨는지를 알 수 있다.

　장례를 치르던 날, 시누이들도 이구동성으로 같은 말을 했다. "농사짓는 촌 할아버지답지 않게 허리나 다리 어디 하나 꼬꾸라진 데 없이 꼿꼿하시다."라고. 흐뭇해하는 얼굴을 본 적이 있다. 부모님의 부지런한 모습을 그대로 보면서 자란 네 남매는 언제나 화목했다. 서로를 살뜰히 챙기는 가족애가 남달랐다. 무엇이 이들을 끈끈하게, 애틋하게 묶어놓았는지 궁금해서 물었던 적이 있었다. 부모님은 네 남매를 차별 없이 대했다. 공부도, 해주어야 할 것들을 공평하게 나눠 주었다고 들었다. 일명 편애도 없었지만, 불평불만 하는 소리를 한 번도 들어보질 못했다. 형제자매의 우애도 몹시 돋보였다. 두 분은 약속해도 안 되고 계획해도 잘 안되는 자식 농사만큼은 으뜸이었다.

　'딸, 아들, 딸, 아들' 네 남매. 모두 다 사랑이 가득하고 서로를 아끼며 위해주는 마음이 넘쳐났다. 만날 때마다 사랑이 고스란히 느껴졌다. 무엇 하나라도 더 주지 못해 안달이 날 정도였다. 우리 아이들 역시 조부모님의 커다란 사랑과 더불어 큰아버지, 고모들의 사랑을 친자식만큼이나 많이 받았다. 얼마나 아끼고 좋아해 주는지 우리 아이들이 커갈수록 더 진하게 느끼게 되었다. 아들들은 보기 드물게 가족 사랑이 넘치고 본보기가 되는 가족이라고 칭찬을 아끼지 않았다.

시부모님이 농사가 잘 안된 해에 걱정하시면 즐겨 해드리는 말이 있었다. "어머니, 자식 농사를 이렇게나 잘 지으셨는데, 밭농사 안 된 해를 걱정하세요?" 겉으로 표현하지 않았지만, 어머니도, 아버지도 감출 수 없는 수줍은 미소를 그때 분명 보이셨다. 아마도 무언의 긍정이었을 것이다. 자식을 잘 키운다는 게 얼마나 어려운 일인지를 잘 알기 때문이다.

남편을 만났을 때 인간관계에서 가장 감명 깊게 들었던 말도 '한결같음'이었다. 사람이 어찌 초지일관 똑같이 대할 수 있을까? 알고 보니 그건 우리 아버지의 최대 강점이었다. 뛰어난 인품이 그대로 자식들에게 전해졌다. 늘 그 자리에서 모진 풍파가 와도 작열하는 태양이 내리쬐어도 수행자다운 모습으로 묵묵히 받아내고 있었다. 아미 아버지의 부처님 귀와 커다란 손을 본 분이라면 '부처님과 닮았다.'라는 말을 서슴지 않고 하게 될 것이다. 그렇게 자연을 좋아하시고 자연 속에서 자비를 베풀며 평생을 사셨다.

뒤늦게야 아버지는 새도 좋아하고 새들이 있는 카페에 가는 걸 좋아한다는 말을 들었다. "어디 가고 싶은 곳이 있으시냐?"라고 물어봐도 선뜻 말씀이 없었다. 모시고 가는 대로, 가자고 하면 안 가겠다는 말씀은 하지 않았다. 정말이지 자식들을 편하게 해 주려고만 했다. 불편함이 있을 텐데 어떻게 단 한 번도 거절하지 않을 수 있는지 아버지의 인품은 우러러볼 수밖에 없다. 다행히 딸들과 함께 다녀온 화조원 카페에서 너무 행복해하셨다는 말을 들었다. 아버지의 커다란 손 위로 날아들었을 다양한 새들, 아버지의 어깨 위로 내려앉아 지저귀던 새소리. 환하게 소리 없는 웃음을 지으시는 아버지가 마치 한 그루 나무였을 것이다. 언젠가 나도 함께 가야지 했던 다짐은 허공으로 날아가 버렸다.

그나마도 아버지와 '이끼 숲'이라는 카페에서 산책했던 순간을 잊을 수가 없다. 처음 가본 곳이기도 했지만, 아버지와 걸으며 이야기를 나누었던 유일한 곳이다. 그 길에서 구찌 뽕나무를 보고는 추억하신 말씀이 떠오른다. "자식들이 어릴 때 밭에 다녀올 때면 구찌 뽕 열매를 타다가 먹여주었다."라며 회상에 젖으셨다. 나 역시 시집을 가서 아버지의 구찌 뽕을 맛보았던 기억이 난다. 나와 남편의 혈액 속에 알알이 흐르고 있을 아버지의 또 하나의 사랑!

그날, 다리 한번 아프다고 하시지 않고 끝까지 산책하신 후에도 어디 불편하다는 말씀이 전혀 없었다. 안심이 되니 다른 좋은 카페에 모시고 가야겠다고 생각했었다. 인생이란 그렇듯 시간은 우리에게 넉넉히 허락되지 않았다. 참으로 모질고 박한 가르침이다. 같은 시간과 공간을 살면서 나눌 수 있는 것이 참 많았다. 아버지가 꺾어 오신 과실들, 제주에 살아도 보지 못한 희귀한 화초, 이것저것 다양한 것을 며느리에게 말없이 건네주셨다. 한두 마디 농담인지 진담인지 알 수 없는 유머를 해주셨던 20대의 어린 나는 아버지의 존재가 얼마나 위대한지를 배웠다. 그렇게 30대, 40대가 부모의 사랑만큼 채워져 갔다.

가끔 아버지 연배의 노인분과 딸인지 며느리인지 알 수 없는 가족을 카페에서 마주할 때가 있다. 아버지 모습이 떠오르면서 자동으로 눈물방울이 떨어진다. 그날 거기 카페에 앉아 말없이 밖을 내다보던 아버지의 온화한 미소! 가족들에게 언제나 편안함을 주시던 드넓은 가슴의 아버지! 새를 좋아하고 새 그림의 달인이었던 나의 아버지를 그곳에서 바라다본다.

언젠가 다시 화조원에 가면 아버지와 새가 하나 된 모습을 보고 있을 것이다. 새를 보며 환하게 웃고 계신 나의 아버지를. 아버지의 사랑은 말보다 평생 변하지 않는 태도와 한결같은 삶으로 남아 있다. 뒤늦게 알게 된 취향과 기쁨을 놓쳐버린 시간만큼 더 깊은 그리움이 되어 돌아온다. 새를 보며 미소 짓던 아버지는 이제 우리 마음속에서 여전히 한 그루의 나무로 서 있다.

회조원

아버지의 양아들

자신의 자식을 두고도 양자를 두는 일은 쉬운 결정이 아니다. 먹고 사는 일이 녹록지 않기에 더욱 어려운 결정이다. 시아버지는 네 남매를 두고도 어린 열여덟 살의 창범이 아주버님을 양아들로 품어 평생 곁에 두셨다. 애월 집에 목수로 일하러 왔던 열여덟 살의 소년은 그렇게 한집에서 살게 되었다. 장성하고 장가를 가는 과정을 아버지가 평생 함께하셨다. 창범이 아주버님은 아버지와 가장 가까운 곳에시, 곁을 오래 지켜주신 분이다. 친자식 못지않게 가깝게 지내주셨다.

장례식을 치르던 날, 상주 중 가장 어린 막내 손주인 지수가 잠깐 밖으로 나왔다. "어머니, 늘 할아버지랑 나란히 앉아 있던 창범이 삼촌이 저기 저렇게 혼자 앉아계시니, 너무 쓸쓸해 보여요."라는 말을 했다. 그러고 보니, 언제나 어느 곳에서든지 아버지와 창범이 아주버님은 항상 나란히 앉아 있었다는 걸 그 말을 듣고서야 알게 되었다. 누구보다 가슴으

로 울었을 어릴 적 열여덟 살 소년은 덩그렇게 의자에 넋을
놓고 앉아 있었다. 처음 아버지를 만났던 모습의 어린 아들
이 되어 있었다. 말없이 앉아 있는 모습조차 아버지를 닮아
있었다.

아버지도 과묵한 분이셨고, 그것마저 닮아있는 양아들은
그렇게 둘이서 큰 느티나무 곁 아담한 느티나무를 이루고 평
생을 함께하셨다. 친자식들이 멀리 가서 살아도 오히려 시부
모님 가장 가까운 애월에 오래 머물렀다. 대장암 말기로 본
가에서 투병 중이던 아버지를 매일같이 찾아뵙고 안색을 살
핀 것도 창범이 아주버님이었다. 어쩌면 우리보다 더 "아버
지", "어머니"라는 호칭을 많이 불렀을지도 모른다.

시댁에서 사는 7년 동안 가장 가까이서 부자지간의 정을
목격한 증인이 바로 나였다. 부정을 그대로 닮아서인지 창범
이 아주버님도 인자한 모습 그대로이다. 부지런하고 성실하
며 맡은 책임을 완벽하게 해내는 분이다. 그 삶의 태도는 분
명 아버지의 가르침 덕분이었을 것이다. 통장 관리도 철저하
게 해 주어 재산도 많이 모을 수 있도록 했다고 들었다. 그렇
게 자수성가하도록 도우셨던 분이 아버지였다. 지금은 허물
어져 사라진 애월 집 옆 아주 자그마한 바깥채에 거처를 마
련해주었고, 그곳에서 오래 살게 하셨다. 첫째 딸인 시누이

는 입양한 큰오빠에게 물심양면으로 애정을 쏟는 부모님이 못내 서운했던 적도 있었다고 했다. 그러나 양아들인 오빠가 너무 착하고 마음 씀씀이가 넓어 그 모든 걸 포용할 수 있었다고.

"가족은 네가 누구의 핏줄이냐가 아니라, 누구를 사랑하느냐는 것이다."라는 뜨거운 사랑을 몸소 보여주었던 분이 바로 아버지였다. 친자식보다 더 강한 애정과 신뢰를 주셨기에 평생을 한 번 떠나지 않고 곁에 머물 수 있었던 것이 아닐까? 마지막 임종뿐만 아니라, 부모님의 생신, 어버이날, 대소사에 든든하게 큰아들로서 그 자리에 함께 있었다.

그러니 아마도 핏줄 이상의 사랑의 힘은 아주버님의 마음을 아프게 후려 팠을 거란 걸 홀로 앉아 있는 모습을 보고서야 떠올랐다. 애월에서 함께 살던 7년 동안에도 아주버님 내외는 친자식 못지않은 효도를 해왔다. 우리가 곁에서 지켜본 산증인이다. 어떤 부탁에도 한 번도 거르지 않고 궂은일도 마다하지 않으셨다. 그러니 부모님은 얼마나 든든하셨을지. 마음 부자라는 생각을 해왔었다.

아주버님은 아주 어릴 때부터 목수 일을 시작했다고 들었다. 우리가 시내로 이사를 할 때도 가장 먼저 달려와 축하해 주셨다. 오래된 낡은 아파트를 리모델링 하는 일에도 선뜻 시간과 모든 에너지를 쏟아부어 주셨다. 그래서 막내였던, 남편과 내게는 더욱 각별한 분이기도 하다. 발품을 팔아 건축 자재를 고르며 집을 짓는 모든 걸 함께 해주셨다. 얼마나 많은 고생을 했는지 이루 말로 다 할 수가 없다. '새집을 짓는 것보다 더 어려운 리모델링을 할 때만 해도 참으로 젊었었구나.'라는 생각이 든다. 요즘은 허리도 안 좋아 수술을 세 차례나 했다. 일을 많이 해서 여기저기 아프다는 말을 들었다. 미안함과 고마움이 교차하는 순간이었다.

남편과 두 분이 마주 앉아 이야기를 나누는 모습을 보면 형제간의 우애 이상의 넘치는 따뜻함과 다정함이 번져 나왔다. 보기에 흐뭇한 영화의 한 장면이다. 아기처럼 보였던 남편이 어느덧 자라 공직에서 훌륭하게 역할을 잘해 내는 걸 보면서 느끼는 큰형으로서의 뿌듯함과 자랑스러움을 감추지 못하셨다. 내리사랑이라고 아버지, 어머니에게 받은 사랑을 고스란히 동생들에게 다 갚으려는 듯 아껴 주고 챙겨 주신다. 시집오기 전 그 배경 이야기를 듣지 못했다면 보통 친형제인 줄 믿고 살았을 것이다. 아니 그렇게 친자식으로, 친형제자매로 살아가고 있다. 이처럼 아버지가 품어 안은 사랑은 넓고도 크고 깊어서 부처님 같다는 말이 전혀 어색하지 않았다.

아버지는 통장 관리를 비롯한 재산을 늘려가는 방법, 이를

테면 경제 관념이 뛰어나신 분이었다. 시댁에 살며 아이들의
세뱃돈 관리도 할아버지가 해 주었다. 종갓집 버금가는 시댁
식구들의 수가 워낙 많다 보니, 해마다 받은 세뱃돈의 액수
는 매우 컸다. 두 손주의 이름으로 통장을 개설해 주었고 차
곡차곡 모아두기 시작했다. 초등학생이 되어 시내로 간 후에
도 매주 애월에 찾아뵈면 꼭 하는 관례가 있었다. 손주들에
게 통장을 꺼내어 액수를 읽어보게 하셨다. "소리 내어 돈을
세어보라." 단호한 한마디였다. 시작할 때의 금액부터 현재
까지의 금액이 되기까지의 과정을 확인하게 하셨다. 자연스
럽게 아이들은 저축의 개념과 돈을 모으면 얼마나 큰 금액이
쌓여 나가는지 아주 어릴 때부터 배울 수 있었다. 그런 가르
침 위에 남편의 경제 교육이 더해져 우리 아이들은 어린 나
이에 경제 개념이 빨리 자리잡혔다. 돈의 가치와 쓰임의 소
중함, 아껴야 한다는 절약 정신에 대하여. 지금 돌이켜 보면
아버지의 이런 자세가 우리 시댁의 문화이자 아주 훌륭한 경
제 교육이었다.

남편 역시 내가 존경하는 면이 바로 이런 경제 관념이다.
써야 할 때와 모아야 할 때를 정확히 구분할 줄 알았다. 근검
절약이 완전히 몸에 배어있었다. 물욕에 대한 집착도 없었으
며 필요한 만큼의 재산 분배에도 탁월했다. 아버지의 가르침

은 많은 설교나 부연 설명이 없었다. 몸소 행동으로 보여주셨고 스스로 깨닫게 하는 무언의 강력한 힘이 있었다. 그런 아버지를 나는 곁에서 지켜보며 존경하게 되었다. 강하면서 부드럽고, 부드러운 듯 아주 강한 힘을 갖고 계신 아버지! 한 사람의 인품 안에 외유내강과 외강내유를 오롯이 다 지닌 분은 살면서 내가 만난 유일한 어른이었다.

장례를 치르는 동안 성인이 된 아들들이 할아버지의 마지막 가는 길을 보며 조심스레 말을 꺼냈다. "할아버지는 정말 대단하신 분이에요. 자식들까지 이렇게 잘 키워내셔서 가시는 길이 이처럼 빛날 수가 없어요. 도대체 어떻게 살아오셨는지 궁금할 정도예요."라는 말이었다. 갑자기 우리 아들들에게도 짧다면 짧은 할아버지와의 추억이 어떠했을지 몹시 궁금해졌다. 늘 다정다감한 할아버지, 따뜻하고 유머로 재치 있는 말을 건네시며 가족들을 자주 웃게 해주셨던 할아버지, 암기력이 뛰어나서 동네의 유명 인사로부터 문화재에 대한 설명과 인구수부터 자잘한 것까지 다 꿰뚫고 있었다. 교육계에 몸담은 내게는 애월읍 관내에 있는 초등학교 수가 몇 개인지, 중학교, 고등학교 수를 정확히 다 알려 주시곤 했었다. 남편의 암기력이 어디서 왔나 했더니, 아버지의 유전이었고, 우리 큰아들의 암기력 역시 대물림해서인지 삼대가 똑똑하

    할아버지가 남긴 새

다 못해 암기의 신들 같았다.

　가장 행복했던 날의 순간을 결코 잊을 수가 없다. 우리 모두 평소 아버지를 존경하다 못해 사모하는 마음을 갖고 있었다. 그래서인지 양아들로부터 자식들, 우리 아이들은 할아버지를 유난히 존경하고 사랑한다. 물론 모든 손주, 시고모님들의 조카까지도 아버지에 대한 사랑은 일일이 다 열거할 수 없을 정도이다. 아버지는 존경받는 아버지였고 할아버지였으며 책임감 강한 장남, 사랑받는 오빠이자 형이었다. 그런 분과의 연을 맺게 해 준 나의 남편에게도 지극한 고마움과 사랑을 늘 전하고 있다. 나에게도 아버지와의 귀한 인연의 삶을 안겨 주었다. "아버지! 아버지가 저의 시아버지여서 너무 자랑스럽습니다."

　혈연의 경계를 넘어 사랑이 어니까지 확장될 수 있는지를 온몸으로 증명하신 분이었다. 한 사람을 품는 건 삶 전체를 짊어지는 일이다. 양아들이든 친자식이든 손주든 며느리든 아버지의 사랑 앞에서는 모두 같은 이름의 가족이었다. 아버지는 혈연보다 더 깊은 사랑을 가르쳐 주신, 나의 가장 위대한 스승이었다.

하염없이 내리는 비

유난히 길고 추웠던 2025년 겨울, 그리고도 2월의 끝자락. 2월의 마지막을 향해 가는 어느 날이었다. 다시 응급실로 오셨다는 전화를 받았다. 지난번처럼 통증이 있을 거란 생각이 더해져 이번엔 왠지 모를 걱정이 앞섰다. 고통이나 아픔을 말씀하시지 않는데 병원으로 온 건 심각하다는 신호라 조바심 어린 마음으로 급히 차를 몰았다. 응급실에 들어서니, 변을 못 본 지 며칠이 되었다고 말했다. 장폐색이 왔다고 해서 바로 검색해 보았다. 식은땀을 눈에 띄게 많이 흘리고 계셨고 숨 쉬는 것조차 불편해 보였다. 응급실에 함께 있는데, 좀처럼 어머니를 찾지 않으시던 아버지가 어머니를 불러 달라고 했다.

"모두 다 피곤할 필요 없으니, 집으로 가서 자라."는 말씀만 남긴 채 어머니는 응급실 문 안으로 유유히 들어가셨다. 강제로 귀가 조처를 당한 우리는 멍하니 서 있다가 병원 문을 나섰다. 눈을 붙인 둥 만 둥 하고 새벽에 다시 병원으로 향했다. 새벽 4시에 눈을 떴고, 출근도 해야 하는 남편과 함께 병실로 먼저 가보기로 했다. 아버지의 호흡은 힘들고 거칠게 들려왔다. 식은땀이 많이 흘러내려 손수건 한 장이 다 젖어버렸다. 유일하게 해 드릴 수 있는 일이란 땀을 닦아 드리는 일뿐이었다. 아마도 고통을 삭이며 견디고 있었을 생각을 하니, 마음이 더 저며온다.

아침 6시 반이 되어 남편은 출근했고, 아주버니와 어머님께 식사를 권해드렸으나 두 분 모두 고개를 저으셨다. 오전 11시가 되어 시부모님 두 분만 남겨 놓고 나오는 발걸음이 차마 떨어지질 않았다. 수업하고 다시 올라오겠다는 말을 남긴 채 뒤돌아서 병실 문 작은 창으로 두 분을 바라보았다. 두 노인의 힘없는 말소리, 어머님을 의지하는 아버지의 모습…. 돌아서며 그때까지만 해도 상황이 악화할 거라곤 상상조차 하지 못했다.

오후 수업이 한창이던 중, 남편의 전화가 걸려 왔다. "아버지가 위급하니 바로 병원으로 올라와야 해."라는 무덤덤한 말이 나를 초조하게 만들었다. 갑자기 무슨 일이 생긴 걸까? 하는 불길한 마음에 속도를 올려 병원으로 급히 달려갔다. 입구에 서서 눈물을 흘리는 아주버님을 보자 호흡기만 떼면

곧 임종하실 거라는 말이 귓가를 스쳤다. 마저 다 듣지도 못한 채 뛰기 시작했다. 병실 문을 열자 눈에 들어온 아버지의 누워 계신 표정은 부처님의 얼굴처럼 편안해 보였다. 눈을 감고 계신 옆으로 기계 장치가 놓여 있었다. 아버지께 유언하라는 말은 귀에 들리지도 않았고 불과 몇 시간 전 대화를 나누던 아버지의 입은 꼭 다물고만 있었다. 보청기와 틀니도 다 뺀 상태로 영면에 접어들고 있었다.

믿을 수 없는 나는 시누이들에게 물었다. "아버지 의식은 있는 거죠? 지금 우리 말을 다 듣고 있는 거죠?" 아무런 대답도 해주지 않았다. 눈에서 쏟아지기 시작하는 눈물을 주체할 수가 없었다. "아버지! 아버지! 아버지! (눈을 뜨고 저를 보세요. 제 말을 들어 주세요. 왜 지금 모든 게 멈춰있는 거예요?)" 묻고 싶었다. 그때 작은 시누이가 아버지 곁으로 와서 "아버지, 꽃길만 걸으시면서 편안히 가세요."라는 뜬금없는 말에야 현실 파악이 되었다. 아니 이미 나는 현실 감각을 잃어버리고 말았다. 믿어지지도 않고 믿을 수도 없는 패닉 상태였다. 아버지께 하고 싶은 말을 하라는데….

그 많은 말을 지금 어떻게 다 할 수 있단 말인가? "고맙습니다. 아버지!" 불쑥 튀어나온 말이었다. 늘 가슴안에 준비되어 있던 말. 내가 미처 다 하지 못한 말은 따로 있었다. '아버지를 만나서 얼마나 행복했는지, 남편을 낳아 주셔서 얼마나 감사한지 모릅니다. 제가 상표 씨를 만나서 우리 지엽이와 지수를 낳을 수 있었어요. 제게는 친정아버지 그 이상이었어요. 무척 존경했답니다. 한결같은 미소로 맞아 주셔서 행복했습니다. 아버지만의 유머로 가족을 웃게 해주셔서 고단함을 이겨낼 수 있었어요. 어머니 잘 모실 테니 걱정하지 마시고 편안히 가세요.'라고 하고 싶은 말을 삼키고 말았다.

법 없이 사실 분이고, 베풀기를 좋아하신 호인이었다고, 부처님 귀를 가진 귀인이셨다고. 아직도 하고 싶은 말은 다 끝나지 않았다. 시간이 멈출 수 있다면 해드리고 싶은 말을 다 해도 모자랐다. 하염없이 흐르는 뜨거운 눈물을 닦으며 간호사의 말을 전해 들었다. 심박수가 30 이하로 떨어지면 임종 직전이라는 말을.

우리 가족의 시계는 이제 곧 멈추고 말 것이다. 순식간에 심장박동은 떨어졌고, 자식들의 모든 유언을 다 들은 뒤 아버지는 고요히 숨을 거두셨다. 2025년 2월 27일 오후 4시 35분이었다. 믿기 힘든 이별이 갑작스럽게 찾아왔다.

이미 대장암 말기에 간으로 다 전이되어 있다는 걸 알고 계신 어머니는 담담하게 받아들이셨다. 차분하고 침착하게. 오히려 우리를 안심시키려는 듯 편안하게 눈을 감으신 모습에 "더 극심한 고통 없이 어머니부터 자식들 고생시키지 않고 편안히 가신 거다."라고 전해주셨다. 평소에도 배려심 많은 분이어서 떠나실 때도 남은 이들을 먼저 생각하셨다. 그렇게 영원히 우리의 기억 속에 좋은 분으로 남으셨다. 세상이 정해 놓은 장례식이라는 절차가 그렇게 시작되었다. 그동안 아버지와 함께 한 모든 순간은 이제 기억 저편에서 찾아와 우리를 웃게도 할 것이고 울게도 할 것이다. 어머니를 비롯한 시댁 식구들의 강인함과 죽음을 맞이하는 담담한 모습에 나도 어느덧 맞춰져 가고 있었다.

내가 스물네 살, 임용고시 준비하던 해에 친정아버지를 떠나보냈다. 그 후 나에게 "아빠"라는 호칭은 불러볼 수 없는 단어가 되어버렸다. 침묵하는 사 년이 흐른 후 결혼하고 "아버지"라는 호칭은 내 삶에 든든한 버팀목이었다. 시댁을 가면 "아버지, 저희 왔어요."라는 말하기를 유난히 좋아했다. 아마도 의도해서라도 더 부르고 싶은 이름이었다. "아버지!" 그 거룩하고 숭고한 이름. 이제 그 이름마저 현실에서 다시는 부를 수 없게 되었다. 이렇게 이제 나는 아버지라는 언어를 또 한 번 더 잃어버리고 말았다. 그리고 우리 아이들에게도 '할아버지'라는 호칭은 영영 침묵이 되고 말았다. 태어나기도 전에 안 계신 외할아버지의 존재도 모른 채, 유일했던

나의 아버지는 나에게도, 우리 아이들에게도 유일한 아버지
이자 할아버지이셨다.

이렇게 빨리 눈감게 될 줄 알았더라면 마지막 손수건을 빨
아서 식은땀을 백 번이라도 닦아 드려야 했다. 여태껏 한 번
도 무얼 해달라는 적이 없었던 아버지가 그날 아침 땀을 닦
아달라고 재촉하셨다. 쉴 새 없이 아버지의 땀을 닦아드렸
다. 그것이 나의 마지막 손수건이 되어버렸다. 아마 통증과
고통이 엄습해 오는 아버지는 그렇게라도 참아보려 하셨던
걸까? 눈을 감으신 날로부터 그렇게 봄을 재촉하는 봄비가
하염없이 내렸다. 보내드리는 우리의 마음도 비가 되어 정처
없이 흘러내렸다.

죽음은 모든 것이 끝나는 게 아니라, 사랑을 기억으로 옮
겨놓는 일임을 아버지는 마지막으로 가르쳐 주셨다. 말하지
못한 고백은 우리 가슴속에 고스란히 남아 있다. 부를 수 없
는 이름이 되었어도 아버지는 여전히 우리의 삶 한가운데서
숨 쉬고 있다. 비처럼 스며든 그 사랑은 멈추지 않고 계속 우
리를 살아가게 할 것이다.

 할아버지가 남긴 새

기억해 주세요! 6월 6일

어머니의 100일은 하루하루가 아버지를 기억하는 시간이었다. 어머니는 마치 100일을 건너기 위한 징검다리를 하나하나 놓으며 사는 사람처럼 보였다. 오늘은 무엇을 준비해야 할지, 내일은 무엇을 챙겨야 할지 머릿속이 늘 분주해 보였다. 그게 다행이었는지도 모른다. 100일 동안 어머니는 무너지지 않고 버텨낼 수 있었다. 그렇게 참고 잘 지나왔다는 사실을 안 것은 100일 탈상을 모두 마치고 나서였다.

유월로 접어들자마자 어머니는 어김없이 신경성 변비에 시달리기 시작했다. 아무리 효과 좋은 변비약을 갖다 드려도 해결되지 않을 만큼 어머니는 탈상을 준비하는 데 온 신경이 쏠려 있었다. 100일 탈상은 단순한 의식이 아니라 아버지께 드리는 마지막 인사이자 마음의 작별이었다.

6월 3일 대선으로 쉬는 날을 맞아 미리부터 이날에 사전 1차 음식을 준비하기로 약속했다. 가족들과 창범이 아주버님

내외, 옆집 삼촌들까지 가득 모여 집안은 금세 북적였다. 소 갈비찜부터 전복 게우젓, 해파리무침 등 재료를 손질하느라 손이 많이 가는 음식들이 줄줄이 준비되었다. 여러 사람이 함께하니 생각보다 일이 빨리 끝났다. 점심으로 시원한 칡냉면을 나눠 먹고, 각자 맡은 일을 손 빠르게 일사천리로 해치웠다.

어머니는 몹시 피곤해 보였지만 속마음은 정성을 가득 담아서 해 드릴 수 있다는 데 만족해하시는 표정이었다. 좀처럼 어머니는 환한 얼굴보다는 고단한 삶이 드리워진 안색을 내비치곤 했다. 그만큼 어머니의 삶은 종부로서의 일생을 힘겹게 살아내야만 한다는 책임감이 담겨 있었다. 시집와서 처음 배운 것도 여자로서 어머니의 위대한 삶이었다. 자식을 넷이나 낳아 키우면서 그 많은 제사와 밭일을 쉼 없이 해내었다는 얘기를 들려주시곤 했다. 세상의 모든 어머니가 그렇듯 어머니도 지난한 여자의 일생에서 벗어나지 않았다. 그나마 80여 년을 함께 해로한 시부모님의 모습은 유난히 단단해 보였다. 일찍 친정아버지를 여의고 홀로 계신 친정엄마는 늘 안쓰럽고 가엾고 외로워 보였기 때문이다. 부부가 백년해로하는 게 인간이 누릴 수 있는 행복 중에 가장 큰 것이라는 걸 두 분을 보면서 느끼게 되었다.

드디어 6월 6일 100일 탈상 전날이 다가왔다. 우리 가족
은 전날에 다시 모여 제사 지낼 음식을 점검하기로 했다. 부
랴부랴 수업을 마치고 큰언니와 함께 시댁으로 향했다. 내게
맡겼던 시장 보는 일도 큰언니가 도맡아 해주었다. 참 고마
운 시누이들이다. 그러고 보면 나는 시부모님 복에 시누이들
복까지 타고났나 보다. 마당에 들어서자 마주한 어머니의 얼
굴은 거의 잠을 이루지 못한 듯 초췌해 보였다. 그만큼 아버
지를 위한 마음이 깊다는 걸 단번에 알 수 있었다.

일찍부터 모여서 재빠르게 양념부터 모든 걸 해놓은지라
바로 저녁상을 차렸다. 언제나 소박하면서도 넉넉했다. 시골
밥상은 건강식이라 맛이 없을 수가 없다. 돼지고기 수육, 게
우젓 무침, 나물 쌈, 소고기 채소볶음, 배추된장국만 먹어도
푸짐했다. 설거지를 마치고 간단하게 청소와 상차림 등의 세
팅을 마쳤다. 바깥에서는 천막을 치고 야외 테이블을 마련해
놓았다. 마당 청소를 마지막으로 마무리했다. 모자란 과일을
보충하기 위해 농협에 다녀온 뒤에야 하루가 끝났다.

할아버지 탈상을 위해 서울에서 내려온 큰아들의 비행기
도착 시간은 이미 지나 있었다. 남편이 마중 나갔고 일을 보
고 늦어서야 들어왔다. 오랜만에 만난 아들을 보자마자 따
뜻한 포옹을 해 주었다. 큰아들로 제 역할을 다해내느라 애

쓰는 게 고마웠다. 당연한 일이라며 시간을 내서 내려와 준 그 마음이 더 귀했다. 아버지의 아들로서 착한 마음을 그대로 보고 배우며 자라주어 흐뭇하고 남편에게도 감사한 일이다. 몇 달 만의 해후를 마치고 서둘러 잠자리에 들기로 했다. 하지만 이상한 일이었다. 아버지를 만나기 전날인지, 내일을 위한 마음의 준비 때문인지 잠을 청할 수가 없었다. 자는 둥 마는 둥 다시 그날의 기억처럼 같은 새벽이 되어 눈을 떴다.

피곤함은 뒷전으로 하고 나갈 채비를 했다. 도착하니 역시 새벽부터 어머니는 부엌에서 움직이고 계셨다. 예상한 대로였다. 부엌에는 시댁의 자랑거리인 기름떡(지름떡)을 만드느라 여념이 없었다. 애월 시고모님과 부자 언니 두 분이 동그랗게 빚고 구워냈다. 노릇노릇 간이 잘 된 기름떡은 역시 별미였다. 시간을 들여 많이도 만들었다. 요즘 어깨, 팔에 이어 손가락 마비가 왔다. 치료 중이지만 낫지 않았다. 걱정은 뒤로 하고 아픈 내색 없이 기름떡을 다 만들고 나니 통증은 심해져만 갔다. 손가락이 저려오면서 등 뒤의 날개뼈까지 통증이 이어져 갔다.

그걸 느낄 새 없이 식구들의 아침 식사를 준비했다. 이제부터 탈상을 위한 의식이 조용히 시작되었다. 마음이 숙연해지면서 제사상을 차려 나갔다. 손주들은 할아버지의 묘로 먼저 제를 지내러 갔고 탈상을 위한 만반의 준비를 위해 온 정성을 쏟았다. 제주로 시집와서 전통적인 장례식과 100일 탈상은 이번에 처음 겪게 되었다. 모든 차례는 어머니가 주관해서 정성을 가득 담아내기로 했다. 그게 어머니가 아버지를 위해 해 드릴 수 있는 마지막 사랑이자 작별 인사일지도 모르기 때문이다.

제사상이 진설되고 아버지의 영정사진을 보자 눈시울이 붉어졌다. 장례식 이후 참아왔던 눈물이 다시 흘러내렸다. 이제는 볼 수도 이야기도 나눌 수 없는 사진 속의 아버지는 여전히 온화한 미소를 짓고 있었다. 우리 가족 모두가 얼마나 존경했던 아버지인지를 굳이 설명할 필요가 없다. 오늘도 어김없이 아버지는 부처님과 같은 분이라고 이구동성으로 덧붙었다. "아버지는 정말 부처님같이 마음이 넓은 분이셨어." 참으로 맞는 말이다. 날씨도, 분위기도, 탈상을 위해 모인 모두를 품어 안 듯 넉넉함과 푸근함이 감돌고 있었다. 마치 부처님이 중생들을 끌어안아 주어 자비를 베푸는 듯한 기운이 감돌았다. 그렇게 한 그루의 크고도 넓은 느티나무 아래에 있는 기분을 다시금 느꼈다.

더 신기하고 놀라운 일이 있었다. 그날 아침부터 앞마당 나무에서 유난히 맑고 고운 새소리가 들려왔다. 어쩜 그 소리가 영롱하고 아름답게 들리는지 모두 그 새소리에 귀를 쫑긋 세웠다. 속으로 아버지가 찾아오셨나 하는 생각이 들었다. 새를 좋아했던 아버지! 한 마리의 어여쁜 새가 되어 우리 곁에 잠시 다녀가는 건 아닐까. 천상에서나 들릴 법한 새소리는 지금까지 한 번도 들어본 적 없는 소리였다.

차츰 가족들이 모여들었고 아침 제사가 시작되었다. 찾아오는 분들을 맞이하며 아버지에 대한 애도는 깊어져 갔다. 저녁 제사가 오기 전까지 우리는 아버지를 추억하며 이야기를 나누었다. 이 시간을 마련해 주기 위한 어머니의 배려가 돋보였다. 한편 지금껏 잘 견뎌온 어머니는 오늘을 마지막으로 아버지의 영혼을 멀리 떠나보내야만 했다.

저녁 제사 후 탈상의 진수인 모든 상복을 태우러 나갔다. 준비한 다라니와 상복을 태우려 하자 빗방울이 하나둘 떨어지기 시작했다. 울지 말라는 아버지의 맘이라도 하늘이 알아준 것일까? 바람은 연기를 크게 일으키지 않았다. 어머니의 "아이고, 아이고, 아이고…" 하는 곡소리가 들려오자 참아왔던 눈물이 한꺼번에 쏟아졌다. 이젠 정말 마지막이었다. 연기가 되어 날아가는 불을 한참 바라보았다.

애도는 떠난 이를 보내는 의식이자, 남은 이들이 다시 살아갈 힘을 얻는 과정이다. 온 마음으로 정성을 다해 보내드리고 나서야 알게 된다. 이별 또한 사랑의 한 방식이라는 것을. 아버지를 기리는 시간은 아직도 우리의 사랑이 끝나지 않았음을 보여준다. 그렇게 떠나보내야만 하는 깊은 애도의 끝에 서 있다. 기억해 주세요. 6월 6일은 아버지를 사랑으로 온전히 보내드린 날이었다.

　우리 부부는 살면서 함께한 시간이 많지 않았다. 늘 한 몸처럼 붙어 지내셨던 시부모님에 비하면 우리는 서로를 그리워하며 살아온 시간이 더 많았다. 어쩌면 그 거리와 기다림이 서로를 애틋하게 하는 애정의 비결이었는지도 모른다. 내가 가장 좋아하는 순간은 늦은 시간 업무 끝에 불콰한 얼굴로 창밖 세레나데를 불러줄 때다. "그대여~, 그대여~" 우렁찬 목소리에 나는 여전히 가슴이 뛴다. 설렘과 흥분으로 새색시처럼 버선발로 달려 나간다. 고단한 하루를 살았을 남편을 양팔 벌려 안아준다. 그 온기가 나를 살아있게 한다. 처음 만났을 때 느꼈던 그 따스함 덕에 나는 사랑을 배웠다.

　어김없이 우리는 '뮌헨'(동네 호프)으로 향한다. 마주 앉아 하루의 이야기, 살아온 날들의 이야기, 그리고 앞으로 살아갈 날들의 이야기를 나눈다. 이보다 더한 행복은 없다. 귀를 쫑긋 세워 눈을 맞추며 그의 말을 놓칠세라 온 마음으로 들어준다. "행복하지 아니한가!" 남편의 어록이다. 힘든 시간을 함께 건너온 부부에게 주는 찬사이다. '많이 힘들었을 텐데 잘 견뎌줘서 고맙다. 바깥일로 바빠 챙겨 주지 못해 외로웠을 텐데 이겨내 줘서 고맙다. 혼자 아이들과 집안을 돌보며 기다려줘서 고맙다.' 말로 다 하지 못한 마음을 녹여주는 시간이다. 지금은 마주 보고 있으니까. 그것 하나면 충분하다. 건강하게 돌아온 남편에게 환한 미소로 "오늘도 고생 많았어요."라고 말해 주면 된다. 무얼 크게 바라지 않아도 부부의 마음은 이미 다 알고 있다. 사랑은 함께한 시간의 길이가 아니라, 서로를 향한 마음의 양으로 완성된다.

가족 모두가 아버지의 대장암 말기 판정을 들었던 날을 잊을 수 없다. 더 이상 아무것도 손을 쓸 수 없다고 이미 간으로 모두 전이되었다고 했다. 어머니와 아버지는 연명 의료 의향서 포기 증서를 내보이셨다. 그 어떤 항암치료도, 입원도 하지 않겠다고 분명히 말씀하셨다. 연세도 있지만 어머니의 말씀은 각서처럼 우리 귓가에 남았다. "남은 시간 좋아하는 음식 많이 해 드리고, 드시고 싶은 것, 원 없이 해 드리면서 집에서 편안하게 보내겠다."라고 무슨 다짐이라도 받은 사람처럼 꼿꼿하게 집으로 향하셨다. 나는 그때 두 분이 언제, 어떻게 그런 결정을 내렸는지 놀라움과 경외심으로 바라볼 수밖에 없었다. 죽음을 받아들이는 태도마저 닮아있었던 두 분의 모습에서, 부부의 연이라는 게 얼마나 깊고 신비로운지 새삼 깨달았다.

아버지가 떠난 뒤, 어느 날 어머니와 카페에 앉아 아버지 이야기를 꺼낼 수 있었다. 물론 많은 시간이 흘러갈 무렵이었다. 전해 들은 이야기는 다시 눈시울을 젖게 했다. "그나마도 아버지가 고통 없이 편하게 떠나신 것과 농사를 접고 아버지와 손을 잡고 함께 보낸 건 너무 잘한 일이었다."라고 회상하셨다. 아버지가 잡아준 손이 그렇게도 좋았다고, 그 온기가 지금도 생생하다고 하셨다.

그랬다. 어머니는 노년에 이르러, 아버지와 손을 잡고 보내는 시간 속에 죽음을 맞이하는 마음의 자세를 배웠다. 세월의 끝자락에 선 두 분은 노쇠함과 이별을 담담하게 받아들였다. 나이가 들어 병들고 목숨을 다했으니 의연하게 죽음을 맞이하겠다는 생의 약속을 지켜내신 듯했다. 내가 그랬던 것처럼 어머니는 똑같은 말씀을 하셨다. "내 인생은 아버지가 손을 잡아주던 따뜻한 시간이었어."라고. 나 역시 처음 남편을 만나 평생을 함께하겠다고 결심하던 그 순간의 감정을, 어머니는 생의 끝자락에 와서야 고백하신 셈이다. 사랑의 기억은 그렇게 시대를 건너 이어지는 것인지도 모르겠다.

 할아버지가 남긴 새

이제 우리 가족은 떠나간 아버지를 담담하게 이야기할 수 있게 되었다. 기나긴 애도의 시간이 성숙함을 가져다주었다. 아버지를 떠나보내는 장례식 동안 많이도 울었다. 주체할 수 없는 눈물을 막을 길이 없었다. 그러나 시간은 끊임없이 말을 걸어왔다. 다만 우리가 들을 준비가 되어 있지 않았을 뿐이다. '떠나는 이를 편하게 보내 드려야 한다. 가는 길에 가장 마지막으로 열려 있는 청각이 듣고 싶은 말은 무엇일까. 가지 말라고 붙잡는 말보다는 잘 살아오셨다고 이제 편히 쉬시라고. 꽃길만 걸으시라고 말씀해드리는 것.' 그것이 남은 이들이 해야 할 마지막 예의라는 걸, 나는 뒤늦게 깨달았다.

영영 곁을 떠나 버렸다는 사실 앞에서 슬픔에만 매몰되어 있을 수는 없다. 미성숙했던 나 자신도, 가족들도 큰 별이 떨어졌다고 느꼈다. 다시 볼 수도 만질 수도 없다는 두려움과 공포에 사로잡혔다. 그것을 죽음이라 인정하지 못했다. 시간은 계속 흘러가고 있다. 그 속에서 세상의 수많은 죽음을 마주하며 바라보는 태도 역시 달라졌다. '삶은 죽음을 배경으로 할 때 가장 잘 보인다.'라고 말한다. 언젠가 내가 썼던 글처럼. 죽음에 대해 간접 경험하고 나니 삶의 이유가 확실해졌다.

지금 누군가는 사랑하는 이를 떠나보내고 비통함 속에 싸여있을지 모른다. 그렇다고 할지라도 우리는 살아가야 한다.

살아갈 이유를 찾으면 된다. 마지막까지 우리가 지켜내야 하는 것이 무엇인지를. 죽음 앞에서 절대 잊지 말아야 할 것이 무엇인지를 생각하며 사는 것이다. 아버지가 보여주신 품위 있는 죽음을 배우고 싶다. 품위 있는 죽음은 끝까지 존중받은 삶의 증거이기 때문이다. 더욱 의미 있는 삶을 살아가야 한다. 그러기에 죽음은 우리의 삶을 중단시키는 것이 아니라 죽음으로 삶이 온전히 완성된다. 아버지를 떠나보내며 우리가 삶을 얼마나 소중히 여겨야 하는지 알게 되었다. 하루도 한순간도 허투루 살아서는 안 된다는 삶의 진리를 뼈저리게 깨달았다.

죽음에 대해 어떤 거창한 말을 하기보다 누구나 언제가 반드시 죽게 된다는 사실을 받아들이는 것에서 배움은 시작된다. 죽음은 삶을 멈추게 하기보다는 삶의 의미를 완성해 준다. 그래야 떠나는 이에 대한 예를 다할 수 있다. 미성숙한 모습으로 떠나보내는 후회를 반복하지 않게 된다. 아버지가 우리에게 남긴 가장 큰 가르침은, 바로 자기 삶을 성찰하라는 메시지였다. 삶과 죽음이 맞닿은 자리에서 아버지에게 배운 품위와 따스함을 마음 깊이 새기며 남은 생을 온전히 살아가고자 한다.

이 글을 쓰는 동안, 충분히 애도할 수 있었던 시간에 감사

 할아버지가 남긴 새

함을 느낀다. 아버지를 가슴 깊이 사랑했던 우리 가족의 마음을 헤아릴 수 있었다. 그 소중했던 모든 순간을 다 담아내지 못한 나의 부족함을 뒤로 하고 이제 가장 고결한 작별 인사를 드리고 싶다.

"아버지, 이제는 편안히 쉬세요. 다음 생에 만나도 또 아버지의 며느리로 살고 싶습니다. 한 인간으로 바르게 살아가도록 넓은 가슴으로 품어 주셔서 감사합니다. 그리고… 사무치게 그립습니다. 사랑하고 존경합니다."